记忆的角落

Novalis

奥夫特丁根

Heinrich von Ofterdingen

〔德〕诺瓦利斯 著
林克 译

人民文学出版社
PEOPLE'S LITERATURE PUBLISHING HOUSE

图书在版编目(CIP)数据

奥夫特丁根/(德)诺瓦利斯著;林克译.
—北京:人民文学出版社,2024
(记忆的角落)
ISBN 978-7-02-018533-7

Ⅰ.①奥…　Ⅱ.①诺…②林…　Ⅲ.①长篇小说-德国-现代　Ⅳ.①I516.45

中国国家版本馆CIP数据核字(2024)第041831号

责任编辑　**朱卫净　何炜宏**
装帧设计　**李苗苗**

出版发行　**人民文学出版社**
社　　址　**北京市朝内大街166号**
邮　　编　**100705**

印　　刷　**山东新华印务有限公司**
经　　销　**全国新华书店等**

字　　数　**120千字**
开　　本　**787毫米×1092毫米　1/32**
印　　张　**8.5**
插　　页　**2**
版　　次　**2024年4月北京第1版**
印　　次　**2024年4月第1次印刷**

书　　号　**978-7-02-018533-7**
定　　价　**50.00元**

记忆的角落，也会有光

目 录

第一部
期　望

献　诗

是你唤醒我胸中崇高的渴望——
　将浩瀚宇宙之心寻望追溯；
　借你之手，某种信赖牵住我，
　带我平安穿越狂风巨浪。

你眷顾这个孩子，赐给他预感，
　同他一道走过神奇的树林；
　你是温情脉脉的女性的原型，
　你使这少年的心飞向昊天。

尘世太悲苦，什么仍将我禁锢？
　我的心和生命不是永远属于你？
　你的爱未在人间将我庇护？

我可以为你献身于崇高的艺术；
　因为你，爱人，愿意化为缪斯，
　像神灵暗中保佑这个歌手。

隐秘的歌神总是变幻万千，

在这个世界频频亲近我们，
时而是永久和平，她赐福众生，
时而化作青春将我们陪伴。

是她给我们双眼注入光明，
每种艺术的感觉靠她赐予，
多么神奇，在虔敬沉醉之时
心中拥有她，快乐和疲惫的人们。

我曾经贴着酥胸啜饮生命；
全靠她，我才成为如今的自己，
我有幸欣喜地仰望女神。

我那至高的感觉仍在沉睡；
突然我看见她像天使降临，
我醒来，在她的怀中飞升。

第一章

父母已经上床睡了，壁钟敲打着单调的节拍，风刮过窗棂嘎嘎作响；幽幽的月光不时照亮房间。年轻人在床上辗转反侧，惦记着那个异乡人和他讲述的故事。“绝不是宝藏唤醒了我心中不可言状的渴望，”他自言自语，“我已经没有任何贪欲，可是我很想见到那朵蓝花。它萦绕在我心里，除了它我什么也不能写，什么也不能想。这种心情我还从未有过：我仿佛刚做了一场梦，又仿佛在梦中到了另一个世界；因为在我平常生活的世界里，谁会对花儿如此牵挂呢，更不用说对一朵花怀着如此罕见的渴望，我真的闻所未闻。那个异乡人究竟来自何方？我们谁也没见过像他这样的人；可是我不明白，为什么唯独我被他的言语深深打动；别人听见了同样的话，可是谁也没有这种感觉。我甚至根本无法表达自己奇妙的心境！我常常感到心醉神迷，只是当蓝花在我脑海里变得模糊时，我会觉得若有所失：这永远无人理解。若非我看得这样清楚，想得这样明白，我真以为自己疯了，从那以后我对万物更熟悉了。我曾经听别人讲述远古；那时候鸟兽、树木和岩石怎样跟人们交谈。现在我真的发觉，它们似乎随时会开口，我似乎能看出它们想告诉我什么。肯定还有许多我不知道的言语，要是知道得更多，我可以更好地理解万物。平时我喜欢跳舞；现在我倒更喜欢随音乐沉思。”年轻人渐渐沉溺于甜蜜的幻想，他睡着了。他先梦见一望无际的远方，荒芜而陌生的地域。他轻松地走过海洋，简直不可思议；他看见珍禽异兽；他同形形色色的人们生活在一起，时而炮火连天，时而人声鼎沸，时而在寂静的草棚里。他当了俘虏，陷入最悲惨的处境。一切感觉一直上升到某种从未知晓的高度——在他体内。他度过了无限丰富的一生；死去又复还，爱至激情的巅峰，然后又跟他的爱人永远分离。最后时近凌晨，外面天已破晓，他的心灵才平静下来，梦境变得更清晰，也更徐缓。他觉得自己独自走在一片昏暗的树林里。天光只偶尔穿透绿叶的网罩。他很快来到一个峡谷前，峡谷向山上延伸。他必须爬过长满青苔的岩石，都是从前被山洪冲卷下来的。爬到高处，树林渐渐稀疏。他终于来到山坡上的一小片草地。草地后面耸立着一座悬崖，他发现那下面有一个洞口，好像是在岩石中开辟的一条通道的入口。平缓的通道引他慢慢地前行，直到望见一个开阔处，很远就有一束亮光朝他射来。他走了进去，发现有一束很强的光，好像从一眼喷泉直射拱顶，在上面溅出无数火花，复又汇集于下面的瑶池；强光照射如闪烁的黄金；四周听不见任何声音，一种神圣的寂静笼罩着这美妙的场景。他走近池子，池中水波荡漾，五彩缤纷。洞壁映着波光，这波光不热，反倒很清凉，墙上只散发出一片幽幽的蓝光。他把手伸进池中，用水濡湿嘴唇。恍若有一股灵气穿透他全身，他感觉神清气爽，心中注满了活力。他有一种无法抗拒的欲望，他想沐浴，于是脱掉衣裳走进池中。他觉得身边荡漾着一片晚霞；一种天堂般的感觉在他心中漫溢；无数的念头试图在他体内与深切的情欲混合；从未见过的崭新的图像纷至沓来，它们也相互融合并化为环绕他的可见的事体，这可爱的要素的每一朵波浪紧贴着他，像柔嫩的酥胸。浪潮恍若诱人的少女的化体，她们此刻浮现在少年身边。

陶醉于喜悦之中，但同时意识到每一个印象，他顺着闪亮的流水缓缓游去，从水池进入岩洞。他沉入一种甜美的睡眠，梦见了一些难以形容的事情，另一道光将他从梦中唤醒。他发现自己在柔软的草地上，旁边有一眼喷泉，泉水射向空中，好像又在空中消散。离他不远耸立着深蓝色的山岩，上面有斑驳的脉纹；四周的天光比平时更明亮、更柔和，天空湛蓝如洗。但真正以一种魔力吸引他的，是一株亭亭玉立的蓝花，起初在喷泉侧畔，又大又亮的叶片摩挲着他。许许多多五彩缤纷的花儿簇拥着蓝花，空中弥漫着最迷人的芳香。他眼里只有蓝花，他久久凝视着它，心中充满难以言喻的柔情。最后，蓝花突然移动起来，有了变化，这时候他才想靠近蓝花；叶子益发闪亮，贴近变得粗实的花茎，花枝朝他垂下来，花瓣像鸟儿脖颈上那一圈舒展开来的蓝色羽毛，中间飘浮着一张娇嫩的面孔。他心中惊喜，这种感觉十分美妙，而且随着那奇异的变形越来越强烈，就在这时，母亲的声音突然惊醒了他，他发觉自己在父母的家中，旭日的金辉已经洒满了屋子。他万分欣喜，母亲的打扰并不使他感到生气；他反而亲切地向母亲道一声早安，把深情拥抱他的母亲搂在怀里。

“你这个瞌睡虫，”父亲说，“我在这儿坐了半晌，干点儿锉工。就因为你，我不许敲打；你母亲要让宝贝儿子安睡。早餐我也只好等着。你真聪明，选择了将来做牧师，为此我们却要一早起来干活。而一个优秀的学者，就像人家告诉我的，还得熬更守夜，钻研前辈大师的杰作。”——“亲爱的父亲，”亨利希答道，“不要为我贪睡生气，平常我可不是这样。昨天我很晚才入睡，做了很多不安宁的梦，最后才出现了一个美梦，令我难以忘怀，我觉得它不只是一个梦。”——“亲爱的亨利希，”母亲插言，“你肯定是仰着睡的，要么祈祷时有什么怪念头。可是你脸色很好。吃饭吧，吃点喝点，你就清醒了。”

母亲出去了，父亲继续忙活并说道："梦境即泡影，让那些饱学之士去想入非非吧，要是你把心思从这些无用而有害的玄念上移开，那就对了。神灵的幻影翩翩入梦的时代已经过去了，《圣经》记载的那些选民的心境，我们无法理解，也永远弄不明白。那时的梦一定有另一种特性，那时的人事也一样。

"我们生活于世界衰老之时，再也不能跟天国直接交往。古老的历史和经典如今成了唯一的渠道，我们由此了解超凡的世界，但也仅限于我们所必需的；如今圣灵对我们言说，不再是通过那些明确的启示，而是间接通过聪明善良的人士的领悟，通过虔诚的人们的生活方式和命运。我们今天的奇迹景象从未使我特别感化，我也从不相信僧侣们讲述的那些丰功伟绩。当然只要谁愿意，他可以受此感化，也许我只是提醒别人不要误信。"——"可是，亲爱的父亲，您有什么理由排斥那些梦呢？它们毕竟变幻莫测，轻盈柔曼，绝对可以激发我们深思。每个梦，甚至最混乱的梦，不也是一个异象，它即使未令人想起神的旨意，却也在垂入我们内心的那幅缀有万千褶裥的神秘帷幕上，撕开了一道意味深长的裂缝？饱含智慧的经卷上记载着可信的人们的梦幻故事，不胜枚举，您只需回忆一下，尊敬的宫廷神甫不久前给我们讲过的那个梦，您自己也觉得耐人寻味。

“但即使没有这些故事，当您生平第一次做梦时，您怎么会不感到惊奇，您肯定不容许自己否认这个对我们不过已变得寻常的事件的神奇性！在我看来，梦是对千篇一律的生活习惯的一种防范，是被束缚的想象的自由恢复，正是在梦中，想象将一切生活场景搅在一起，用快活的儿童游戏打断成年人一贯的刻板。如果没有梦，我们一定会未老先衰，所以，就算梦不是由上天直接赐予的，人们也不妨把它当成一个神的恩赐，朝拜圣墓途中的一个友好伴侣。昨晚我做的梦，肯定不是我生活中一个无益的偶然事件，因为我觉得，它像一只巨轮嵌入了我的灵魂，驱动它并使它强烈震荡。”

父亲友好地微笑，盯着刚走进房间的母亲说：“孩子他妈，亨利希无法否定时光，存在于世间，他离不开时光。他的言辞中燃烧着意大利烈酒，是我当年从罗马带来的，它使我俩的新婚之夜欢腾而美妙。那时候我还是个小伙子，跟现在不一样。南方的风使我融化，我浑身充满勇气和快乐，你也是一个热情的姑娘，讨人喜欢。在你父亲的家里，当时真是喜气洋洋；吟游诗人和歌手从四面八方赶来，奥格斯堡已经多年没有举办过这样热闹的婚礼。”

“你们刚才在谈梦，”母亲说，“你大概还记得，当时你也给我讲过一个梦，是你在罗马做的梦，正是这个梦使你初次萌发了一个念头，想到我们奥格斯堡来向我求婚？”——“你提醒得正是时候，”老人说；“这个稀奇的梦我已经忘光了，我当时好长时间老是琢磨它；可是它恰恰证明了我刚才对梦的看法。恐怕再也没有比它更紧凑、更清晰的梦；至今我还能准确地回忆起每个细节；可是，它意味着什么？我梦见了你，顿时感觉到一种想占有你的渴望，这是很自然的：因为我已经了解你。你友好仁慈的天性一开始就深深打动了我，只因向往异国他乡，当初我才抑制住想娶你为妻的愿望。做梦那段时间，我的好奇心已基本满足，于是我的爱慕之情可以表白了。”

“给我们讲一讲那个奇梦吧。”儿子说。“有一天傍晚，”父亲开始叙述，“我在外面游逛。天空没有云彩，苍白而阴森的月光洒在古老的柱子和墙垣上。我的伙伴们都找姑娘玩去了，乡愁和爱情驱使我来到郊外。后来我口渴了，便走进附近一座乡村别墅，想讨一杯葡萄酒或牛奶。一位老人走出来，他大概觉得我的造访很唐突。我向他表明我的愿望；听说我是个外国人，一个德国人，他就友好地邀请我到房间里去，还拿出一瓶葡萄酒。他叫我坐下，询问我的职业。房间里有很多书籍和古董。我们海阔天空地聊了起来；他给我讲了许多古代的事情，谈到画家、雕塑家和诗人。这些都是我从未听过的。我仿佛登上了一个新世界的海岸。他又向我展示印章和别的古代工艺品；然后他饱含激情地为我朗诵美妙的诗篇，时光就这样过去了，恍若一瞬间。只要一想起那些神奇的念头和感受，那天夜里如潮水一般向我涌来，我的心现在还欣喜不已。他好像对异教时代了如指掌，并怀着难以置信的激情，渴望回到那迷蒙的古代。最后他给我指定一个房间，告诉我可以在那里睡到天明，因为现在回去已经太晚了。我很快睡着了，觉得自己是在故乡，正踱出城门。似乎我得去某个地方做什么事，但我不知道去哪里，该干什么。我朝着哈尔茨山走去，脚步异常的快，仿佛是去赴婚礼。我没有在路上停留，而是一直穿过田野，穿过山谷和树林，很快我来到一座高山前。我爬上山顶，眼前是一片金色的河谷草地，我极目眺望图林根，周围没有一座山挡住我的视线。哈尔茨山昏暗的群峰就在我对面，我看见无数的宫殿、寺院和城镇。此时此刻，我的心情无比舒畅，我想起留我住宿的那位老人，觉得那仿佛已是很久以前的事情。随即我发现一条通向山里的石梯，便沿路走下去。过了很久，我走进一个巨大的岩洞，那里有位白发老人坐在一张铁桌前，穿着长袍，他目不转睛地望着一个美如天仙的姑娘，立在他对面，是大理石雕塑的。他的胡子已经穿透铁桌，掩住了他的双脚。他看起来既严肃又和蔼，让我想起昨晚在那位主人家里见到的一个老人头像。一盏明灯照得洞子里亮堂堂的。我呆呆地站着，望着白发老人，这时主人突然拍了拍我的肩头，拉住我的手，领我穿过长长的过道往前走去。过了一会儿，我远远望见了曙光，仿佛天将破晓。我急忙迎着曙光走去，很快来到一片绿色的原野上；可是我发觉，眼前的一切跟图林根完全不同。参天巨树长着亮闪闪的阔叶，在四周投下一大片阴影。空气很热但并不令人难受。到处是泉水和花卉，万花丛中我尤其喜欢一朵，我觉得别的花儿都垂向它。”

“啊！最亲爱的父亲，请告诉我它是什么颜色。”儿子十分激动地嚷道。

“我不记得了，别的一切我倒记得清清楚楚。”

“它是蓝色的吗？”

“有可能，”老人接着往下讲，并没有察觉亨利希异常激动，“我只是还记得我的心情无法形容，一直顾不上瞧一瞧我的同伴。最后当我把目光转向他时，我发现他正在专心打量我，怀着内心的喜悦朝我微笑。我是怎样离开这个地方，已经想不起来。我又回到山顶。我的同伴站在我身旁对我说：你看见了世界的奇迹。它会帮助你成为世界上最幸福的人，而且成为名人。好好记住我对你说的话：要是你在施洗约翰节傍晚再次来到这里，恳求上帝，让你理解这个梦，你就会拥有尘世的最高命运；然后你要特别留心一朵蓝花，你将在这山顶上找到它，把它采下来，以后你就谦卑地听从上天的引导吧。随即我又在梦中与最荣耀的人物聚在一起，在我眼前，无数的时代变幻万千，悠悠而去。我的舌头变得非常灵巧，我的言语像音乐一样动听。随后一切又变得昏暗逼仄，一如平常；我看见你母亲站在我面前，目光亲切而羞涩；她怀里抱着一个闪闪发光的孩子，她把孩子递给我，孩子转眼就长大了，益发俊朗，神采奕奕，最后他展开雪白的翅膀，飞到我们头顶，把我俩拥入他的怀抱，带我们飞向高空，从空中俯瞰地球，犹如一只精雕细镂的金碗。后来我只记得，那朵花、高山和白发老人又浮现在眼前；可是我随即醒来，感觉自己已被强烈的爱情所打动。我向好客的主人告别，他请我常来看望他，我答应了，也定会履行我的诺言，要不是我很快离开了罗马，突然踏上去奥格斯堡的旅程。”

第二章

施洗约翰节过去了，母亲早该去奥格斯堡回一趟娘家，让外祖父瞧一瞧还未见过的可爱的外孙。老奥夫特丁根有几个商人朋友，正巧因为生意上的事情他们必须去那里。于是母亲决定，借此机会了却自己的心愿，她心中越来越牵挂这件事，因为近来她发现，亨利希比往常更加沉默寡言，老是陷入沉思。她觉得他很郁闷，或是生病了，而一次远游，结识新的朋友，看看异国他乡，或像她暗自猜想的，某个家乡姑娘的魅力兴许能驱散她儿子心中的愁云，使他重新对生活充满乐趣，就像从前那样。父亲赞同母亲的计划，亨利希则欣喜若狂，他终于可以去那个地方了，借助于母亲和有些旅行者的描述，他早已把它想象成一座人间天堂，并常常枉自期望能去那里。

亨利希刚满二十岁。他从来没有出过远门；他对世界的了解仅限于传闻。他读书甚少。在侯爵的宫廷里，凡事都按照当时的习俗，既简单又平静；侯爵的生活体面而舒适，大概不如后来那些有钱的新贵那么奢华，他们无需破费，即可让自己和家人过得舒舒服服。但是另一方面，人们对家用器具的感觉反倒更亲近、更深厚，这些东西摆放在人们身边，在生活中大有用场。它们更有价值，也更令人惊奇。如果说自然的隐秘和自然物的形成早已吸引着感知的精神：那么，对自然物更巧妙的加工技艺，出产自然物的浪漫的远方，以及自然物的神圣远古——那时它们更细心地被保存起来，常常成为许多后代的财富——诸此种种则加深了对这些缄默的生活伴侣的倾慕。自然物还常常被提升到这种地位：作为某种特殊恩赐和命运的信物被供奉起来，整个帝国和庞大家族的福祉取决于它们的保佑。一种迷人的贫穷装点着这些时代，使它们显得那么单纯，这是一种特有的、真诚的、贞洁的单纯；在这片蒙昧中，俭省分配的瑰宝反而愈加璀璨，格外珍贵，使沉思的心灵充满了美妙的期盼。如果这是事实——光、色、影的适当分配方才呈现出可见的世界那种潜藏的绚丽，此时一双新的、更高妙的眼睛似乎睁开了：而那时类似的分配和俭约则处处可见；与此相反，更富裕的近代只能呈现寻常白日那种更贫乏的单调景象。同一个王国的空位期相仿，在所有过渡中，一种更高的、灵性的势力似乎急欲崭露头角；正如在我们栖居的地表，无论地下还是地上，珍宝最丰富的地带位于蛮荒的原始山区与辽阔的平原之间，一个意义深远的浪漫时代，也曾经横亘在粗暴的野蛮时代与艺术繁荣、知识丰富、经济发达的世纪之间。当昼夜交替，变幻出更高奥的阴影与熹微之时，谁不乐意在朦胧的天光里漫游呢；因此，我们情愿沉入亨利希的生活岁月，此刻他正满怀渴望地迎接新的经历。他告别他的同伴和他的导师——睿智的老宫廷神甫，他知道亨利希天赋极高，并十分动情地以默默的祷告与他分别。女侯爵是他的教母；他经常同她一块待在观景台。现在他也向这位庇护者告辞，她赐予他谆谆的告诫和一条金项链，又以亲切的祝福为他送行。

亨利希怀着忧伤的心情离开了父亲和故乡。他现在才开始明白何为分离；起初对旅行的想象并未掺杂他此时尝到的那种特别的感受，他迄今为止的世界刚刚被撕裂，离他而去，他好像被卷到一个陌生的海岸。年轻人的伤感绵绵不尽，他才初次体验到尘世的事物倏然易逝，这涉世未深的人儿肯定感受到，它们原本何等重要，不可或缺，已经跟最本己的存在交织在一起，而且像它一样不容改变。死亡的初次预示——初次的分离终生难忘，它就像一张迷蒙的面孔让人日夜惊恐，尔后，当白日的景象带来的欢乐慢慢减少，而对一个永久又可靠的世界的渴望与日俱增，它才最终化为一位友好的引路人，抚慰的相识。母亲在身边，亨利希感到莫大的安慰。从前的世界好像尚未丧失殆尽，他以双倍的真情拥抱她。一大早旅行者就骑马穿过埃森纳赫的城门，熹微的晨光使亨利希愈加伤怀。天色越亮，他越察觉周围已是陌生的地方；爬上一个山坡，离别的故土被初升的太阳一下子照亮了，亨利希猛然一惊，这时候，往日心灵的旋律又响起来，插入他沉郁纷纭的思绪中。他发现自己正站在远方的门槛旁，过去他常常在附近的山上徒劳地遥望远方，给它描上奇异的色彩。他即将潜入那蓝色的潮水里。神奇的蓝花就在他前面，他向着图林根眺望，如今他已将它留在身后，可是他有一种奇怪的预感，仿佛他将在漫长的浪游之后，从他们此行前往的那个地方返回他的祖国，仿佛他其实正从那里向祖国进发。旅伴们起初怀着同样的心情，默默无语，但很快又活跃起来，用各种话题和故事打发时间。亨利希的母亲寻思，必须将仍然沉溺于梦幻中的儿子拽出来，于是给他讲起她的故乡、她的娘家和在施瓦本欢快的生活。商人们也随声附和，证实母亲的叙述，夸奖那位施瓦宁老人殷勤好客，还对母亲家乡美丽的姑娘赞不绝口。“您做得对，”他们说，“应该把您的儿子带回去。您家乡的民风更平和，更好客。人们很讲究实际，但并不蔑视享乐。人人尽量满足自己的需要，又能和睦相处。因此商人有一个很好的环境并受到尊重。艺术和手艺日益繁荣，日益精湛，勤劳者觉得工作起来更轻松，因为它可以换取许多享受，每日的劳作固然单调，但他肯定能以此共享各行各业的丰盛果实，这些便是给他的报偿。货币、劳动和商品互相繁衍，快速流通，国家和城镇一片兴旺。白天的职业越辛劳，夜晚人们越是尽情地陶醉于美好的艺术和愉快的社交。心灵渴求休憩和消遣，而最宜人的休憩和最迷人的消遣，不外乎让心灵那种最宝贵的力量即创造性的沉思自由活动并取得成果。在别的地方，人们从未听见过如此优美的歌声，看见过如此绚丽的画卷，也从未在舞台上欣赏到更轻盈的舞姿和更感人的形象。在罗曼国家的邻邦，人们素来举止大方，言辞动人。您的女同胞允许为社交场合增添光彩，以妩媚的风姿挑起一场博得青睐的激烈竞争，而不必担心背后的闲言碎语。男人们粗犷诚挚，纵情狂欢，给生活带来了温暖的活力，温馨而朴实的喜悦，爱情则以不断翻新的花样，在欢快的社交场上扮演主角。但是，居然并没有因此而形成放荡或失礼的风气，似乎恶魔也不敢逼近优雅，除了在施瓦本，整个德意志肯定再也找不到那么端庄的姑娘，那么忠贞的女人。

“是的，年轻的朋友，南德的空气清爽温暖，到了那里，您也许不再拘谨羞怯；快活的姑娘也会使您变得随和而健谈。凭您的外国姓名，又是老施瓦宁的近亲，他可是每次欢聚的焦点，您就足以吸引姑娘们热情的目光；只要跟着您的外祖父，您准定能像您父亲一样，把一个同样迷人的姑娘、一个娇美的妻子带回我们的故乡。”亨利希的母亲脸都红了，更显得美丽，她感谢对她祖国的热情称赞和对她的女同胞的美好评价，亨利希本来想着心事，现在也忍不住欢欢喜喜地仔细倾听，别人怎样描述他即将见到的那个国度。“您即使，”商人们继续讲道，“不愿选择您父亲的手艺，而如我们所闻，喜欢钻研学问，您也大可不必去当教士，从而放弃人生最美好的享受。真是糟透了，知识掌握在一个与世隔绝的阶层手中，侯爵们要听僧侣出主意，而那些人既不合群，又不谙世事。他们离群索居，没有亲身参与世间的活动，他们的思想也就必然带有一种不实用的偏向，无法适应现实的变故。在施瓦本，您也会在俗人中遇见真正聪明和富有经验的人；您现在可以随意选择，您想学习人类知识的哪个门类，而您不会找不到最好的导师和顾问。”听见这番话，亨利希想起了他的朋友宫廷神甫，于是他说：“虽然我对人情世故蒙昧无知，的确无法否定你们的看法，即僧侣没有能力引导和评判世俗事物；但大概可以允许我向你们提到我们杰出的宫廷神甫，他肯定算得上智者的楷模，他的教导和告诫令我难以忘怀。”

“我们真心尊敬，”商人们答道，“这位杰出人士；但是我们赞同您称他为智者，只能以此为限，如果您所说的智慧仅仅涉及一种令上帝满意的生命转折。如果您认为他同样世事洞明，一如他在拯救事业上修炼有素，那我们不敢苟同您的观点。但我们相信，这位圣人绝不会因此而失去他应得的赞誉；因为潜心于神灵世界实在太深，他当然无暇认识和探究尘世的事物。”

“但是，”亨利希说，“难道那种更高的学问不能授予人同样的技巧，以便公正地驾驭人类的事务？难道那种童真而不带偏见的单纯，不能更可靠地选择正确道路，穿越凡俗琐事的迷宫，胜过常人的聪明，这种聪明会因谋取私利而被误导和限制，并且迷失于层出不穷的偶然事件和紊乱局面之中？我不知道，但我觉得我发现了两条路，均可达到对人类历史的认知：一条路艰难而漫长，有着数不清的弯道，这是经验之路；另一条路，几乎只需跨**一步**，则是内心观照之路。第一条路的行者必须经过长期的琢磨，才能触类旁通，另一个行者则当下直观每个事件和每个实事的本质，能够在生动而复杂的关联中观照事物，并轻而易举地将它们与别的一切事物相比较，如同图表上的图像。如果我在你们面前，好像痴人说梦一般，那得请你们原谅；我敢如此放肆，只因我相信你们很善良，而且我十分怀念我的导师，是他早先给我指明了第二条路，这也是他自己的路。”

“我们愿意向您承认，”好心的商人说，“我们跟不上您的思路；但我们很高兴，您如此亲切地想念您那位杰出的导师，好像深刻领会了他的教诲。

“在我们看来，您具有诗人的天赋。谈起您心灵的现象，您是这样流畅，您不缺乏精确的表达和贴切的比喻。您也倾心于神奇之物，而它正是诗人的元素。”

“我不知道，”亨利希说，“我怎么会这样。我经常听人谈起诗人和歌手，但是还从未见过。是的，我对他们奇妙的艺术没有任何概念，却非常渴望听别人谈论。我发觉，有些事情现在只是我心中模糊的预感，我却能更好地理解。常常听别人讲述诗歌，但我还没有读到过一首，我的导师一直没有机会向我灌输这门艺术的知识。他告诉我的有关诗歌的一切，我都没有真正弄懂。但他始终认为，这是一门崇高的艺术，也许我将为此贡献我的一生，一旦我步入诗的殿堂。据说在古代，诗更普遍，人人都知道一些，当然程度不一。跟其他已经消失的伟大艺术，诗还亲如姊妹。神恩大概尤其宠爱歌手，所以他们能够靠不可见的交往获得灵感，在大地上以动听的歌声传诵天国的智慧。”

商人们接上话题：“我们自然从不关心诗人的秘密，尽管我们愉快地倾听他们的歌唱。也许真是这样，如果一个诗人该当来到世上，他必定有一种特殊的天命；因为从事这门艺术肯定是一桩相当神奇的事情。其他艺术与此也大不一样，理解起来容易得多。画家和音乐家的工作显而易见，凭借勤奋和耐心，二者皆可学会。乐音就躺在弦上，拨动琴弦便能依次唤醒美妙的音符，这只需要一种技巧。在绘画方面，大自然堪称无与伦比的大师。她创造了无数美丽神奇的形象，呈现出色彩和光影，于是一只训练有素的手，一双善于观察的眼睛，再加上调色的知识，就可以惟妙惟肖地模仿自然。因此，我们也能够非常自然地领会这些艺术的效果，以及艺术作品给人带来的愉悦。我们喜欢夜莺的歌唱、清风的吹拂和美妙的光色形影，因为这些令我们的感官着迷；既然我们的感官天生如此，自然又造就了天籁和美景，对自然的艺术模仿也肯定令我们愉悦。自然本身也欲欣赏自己伟大的艺术性，因此她化身为人，现在她自个儿为她的美妙而欣喜，从万物中提炼出赏心悦目的质素，并以这种方式单单把它创作出来，于是她便能够以更多的方式随时随地拥有并欣赏。与此相反，诗艺的踪影在外部通常无处可寻。诗艺也不是用手和工具去创造；眼睛和耳朵在此也无能为力，因为单听词句并非这门神秘艺术本来的效应。一切全在内心，如果说那些艺术家是以愉悦的感觉充实外部感官，诗人则是以神奇而诱人的新思想充实情感的隐秘圣地。他善于随意激发我们心中那些神秘的力量，使我们透过言语感知一个奇妙的未知世界。在我们体内，远古与未来、无数的人物、神奇的地域和最奇异的事件，仿佛从深深的洞穴缓缓升起，将我们拽离熟悉的现实。人们听见陌生的话语，却明白话中的含义。诗人的箴言释放出一种魔力，就连寻常的言辞也带有感人的音韵，令着迷的听众欣喜若狂。”

“听了你们的话，我的好奇心再也无法克制，”亨利希说，“我请求你们，把你们听过的歌手的故事全告诉我。这些奇人的事迹我永远听不厌。我突然觉得，当我沉浸在青春的梦中时，仿佛在哪里听说过他们，当然现在什么也想不起来了。但你们所讲述的，对我是那么清晰，那么熟悉，你们优美的描绘带给我一种难得的享受。”

“我们自己也喜欢回忆，”商人们接着说，“那些愉快的日子，我们跟歌手聚在一起，在意大利、法兰西和施瓦本，而且我们很高兴，您如此热心地加入我们的谈话。在山区旅行时，聊起天来让人倍感快意，时间轻轻松松就过去了。现在讲几个有关诗人的精彩故事，都是在旅途中听来的，也许会使您开心。至于当时听到的歌谣，我们已念不出几句来，因为那时候陶醉于欢乐之中，我们没记下多少，成天忙生意，记住的一些又渐渐淡忘了。

“远古的时候，整个大自然一定比现在更有生机和意蕴。有些影响，现在的动物似乎已难以觉察，唯独人类还能感受并分享，当时却可以触动没有生命的物体；因此，那时候只有高明的人类能够做出一些事情，造成一些现象，在我们今天看来，它们简直不可思议，像神话一般，这倒是可能的。有些旅行者在希腊民间听过这些传说，后来告诉我们，在如今的希腊帝国，古时候各地都有这样的诗人，他们以神奇的器具发出古怪的音调，唤醒森林里的隐秘生命——藏身树洞的精灵，在荒凉的不毛之地激活死去的种子，变幻出一座座鲜花盛开的花园，驯化猛兽，使野蛮人习惯礼仪和风俗，培养他们温和的嗜好及和平的技艺，化激流为弱水，甚至令最僵死的岩石翩翩起舞。据说他们集先知和祭司、医师和立法者于一身，就连更高的诸神也在他们那魔法艺术的吸引下来到凡间，向他们传授未来的奥秘，昭示万物的均衡及其自然造化，以及数字、植物和一切造物的内在德性与效力。根据传说，丰富的乐音、奇异的感应和秩序，从那以后才进入自然之中，而在此之前，一切都是野蛮的、混乱的、敌对的。只是很奇怪，这些美好的痕迹虽然保存至今，供人们凭吊那些乐善好施的诗圣，但在自然之中，他们的诗艺或那种脉脉温情早已荡然无存。那时还发生过一件事情，有一个奇特的诗人，或者不如说是音乐家——虽然音乐与诗大抵是一回事，也许彼此连在一起，好比嘴和耳，可以说嘴巴只是一只会动的、有回应的耳朵——这个音乐家打算渡海去一个陌生的国家。他有许多美丽的奇珍异宝，全是别人报答他的礼物。他在岸边找到一条船，船夫们似乎乐意按许诺的酬金送他去想去的地方。可是他那些精致闪光的珍宝很快让船夫起了贪心，于是他们暗中商量制服他，把他扔进海里，再瓜分他的财物。当船驶入茫茫大海，他们发动袭击，对他说他必死无疑，因为他们已决定把他抛入大海。他以最感人的话请求饶他一命，答应给他们全部珍宝作赎金，并预言他们将大祸临头，要是他们按自己的意图行事。但是什么也不能打动他们：因为他们担心，有朝一日他会泄露他们的恶行。他这时发觉他们决心已定，便请求他们，至少允许他临死之前弹一曲天鹅绝唱，然后他愿意抱着古朴的木琴，当着他们的面自己投海。他们十分清楚，如果听见他那迷人的歌声，他们的心就会被感化，他们会感到懊悔；因此他们决定，姑且同意他的最后请求，但是唱歌的时候要把自己的耳朵堵死，这样他们便听不见歌声，他们的决心也不会动摇。事情就这样进行。歌手唱起一支美妙的、令人销魂的歌曲。船儿应和着歌声，波涛仿佛在伴奏，日月星辰同时辉映空中，一群群鱼儿和海妖浮出碧波，翩翩起舞。只有船夫们紧捂双耳，恶狠狠地立在船上，极不耐烦地等候歌声结束。歌很快唱完了。这时歌手兴高采烈地跳入幽暗的深渊，怀里抱着神奇的乐器。他刚刚触到闪耀的波浪，一个感激的海妖就用宽厚的脊背从下面托住他，载着惊讶的歌手飞速游走了。不一会海妖把他送到他想去的海岸，在芦苇丛中轻轻放下他。诗人为他的救星欢歌一曲，怀着感激的心情离开那里。过了一段时间，他又独自来到海边，唱起甜美的歌谣，为失去的珠宝而惋惜，它们让他回忆起幸福的时光，凝聚着人们对他的爱戴和感激之情，对他弥足珍贵。他正唱着歌，他的老朋友突然从海里欢快地游来，嘴里吐出劫去的珍宝，全撒到沙滩上。歌手投海之后，船夫马上动手瓜分他留下的宝贝。分赃时他们之间发生了冲突，最后变成了一场火并，船夫大多死于混战；剩下的几个无法驾驶船只，船很快搁浅，撞到礁石上沉入海底。他们死里逃生，衣裳全撕破了，最后两手空空爬上岸来。于是心怀感激的海妖把海底的珍宝搜集起来并物归原主。”

第三章

“另一个故事，”商人停了一会又往下讲，“当然没有这么离奇，发生的时间也晚一些，但也许同样令您神往，可让您更加了解那种神奇艺术的魅力。有位老国王执掌着一座富丽堂皇的宫廷。人们从四面八方拥来，分享他的美妙生活。那里每天都像过节一样，既不缺少美味佳肴，也不愁音乐、华服和五彩的装饰，好戏连台供人消遣，各种娱乐别出心裁，殷勤的绅士脑子灵，见识广，可以助谈兴，风华正茂的俊男靓女则是场场喜庆的灵魂。老国王平时显得威严庄重，他有两个情结，盛大的宫廷活动和华丽的排场都是由它们引发的：一是他对女儿的娇宠，她是个非常可爱的姑娘，总让他想起早已去世的妻子，因此她在他心中格外珍贵，他愿意耗尽自然的宝藏和人类的精神财富，为她建造一座人间天堂；二是他对诗艺及其大师的酷爱。从少年时代起，他就怀着极大的兴趣阅读诗人的作品，千方百计地搜集各种语言的诗歌，花了许多资金，而且一直把结交歌手看得高于一切。他吸引他们从每个角落来到他的宫廷，给予他们许多的荣誉。他永远听不厌他们的歌吟，常常由于一首诱人的新歌，忘记十分紧要的朝政，甚至废寝忘食。他的女儿是伴着歌声长大的，她的整个心灵已化为一首柔情的歌，只是流露出忧郁和渴望。在全国尤其在宫廷，到处都能感觉到备受爱护和尊敬的诗人的良好影响。人们慢慢地、细细地品尝生活，像品尝可口的佳酿，益发觉得舒心惬意，因为任何与人为恶的有害情感，都像不谐和音一样，被众人心中那一片脉脉温情驱散了。灵魂得到安宁，人们极乐地直观一个自己创造的、幸福的内心世界，便是这个神奇的时代的特有财富，争端似乎仅仅出现在诗人的古老传说里，不过是人类从前的仇敌。歌神们能够给予其庇护者的最珍贵的酬谢，仿佛便是他的女儿，她确实拥有最甜美的想象力在一个娇媚的姑娘身上所能搜集的一切。每逢佳节，人们看见她穿着漂亮的白裙，在一群俊俏的游伴中，侧耳倾听热情的歌手们赛歌，红着脸把一个芬芳的花环戴在获胜的幸运者头上；这时人们觉得她就是那种美妙的艺术的灵魂，简直活灵活现，仿佛是那些神奇的咒语召唤来的，于是人们不再留心陶醉的诗人及其旋律。

“可是在这座人间乐园里，好像有一种神秘的命运悬而未决。当地居民唯一担心如花似玉的公主的婚嫁问题，这关系到幸福的日子能否延续，以及整个国家的命运。国王日渐衰老。他本人似乎也为此忧心忡忡，但是，能使大家称心如意的婚配杳无踪影。出于对王室的神圣敬畏，哪个臣仆也不敢奢望娶公主为妻。人们把她看成天上的仙女，所有慕名而来的外国王子固然有所图谋，看来却远远配不上她，结果没人敢起这样的念头：公主或国王会看上他们中间的某一个。这种距离感也渐渐吓退了他们，到处都在传言这个王族过于高傲，则又似乎打消了其他人来看自己同样受辱的全部兴致。这种传闻也并非毫无根据。国王固然非常仁慈，但也几乎不知不觉地产生了高人一等的感觉，因此在他看来，让他的女儿跟一个门第和地位较低的男人结婚，任何类似想法皆是荒唐的，或是无法忍受的。她独一无二的高贵价值益发证实了他心中那种感觉。他出自一个古老的东方王族。他妻子则属于著名英雄鲁斯坦的后裔中最后一支旁系。身边的诗人总是为他歌颂他与古代世界的统治者、与那些超人的血缘关系，而在诗艺的魔镜之中，他与别人在身世上的距离显得更大，他的家族愈加荣耀，于是他觉得，只能通过比较高贵的诗人阶层跟其余的民众建立关系。他徒劳地环顾四周，希望能发现第二个鲁斯坦，因为他感觉到，鉴于他那位妙龄公主的心事，他的王国的前景，以及他自己年事已高，女儿的婚配已成为众人翘首盼望的大事。

“离京城不远有一处僻静的农庄，那里住着一个老人，他成天只专心教育自己的独子，乡民得了重病，他也帮忙出出主意。年轻人性格沉稳，父亲从小就教他自然知识，他也只潜心于此。多年以前，老人从很远的地方迁徙到这个和平繁荣的国家，静静地享受国王为这片土地带来的太平生活，倒也十分满足。他在宁静的环境中探索各种自然力量，并将这些引人入胜的知识传授给儿子，小伙子对此颇有灵性，大自然也乐意向这颗深邃的心灵吐露自己的奥秘。年轻人似乎长相一般，并不引人注目，如果人们不是凭一种更高的感觉，去端详他那张高贵的脸、更隐蔽的面部造型和那双格外清澈的眼睛。但是打量的时间越长，他的吸引力越大，只要听见他具有穿透力的柔和嗓音、优雅的谈吐，几乎没有人能从他身边走开。公主的大花园尽头是一片森林，老人的农庄就藏在森林的一道小峡谷里。有一天，公主独自骑马来到森林，她要清清静静地沉思遐想，再温习几首优美的歌曲。高高的树林清新怡人，她不由得越走越深，最后来到老人和他儿子居住的农庄。她想喝杯牛奶，于是下了马，把马拴在一棵树上，然后进房去讨一杯牛奶。儿子刚好在家，一位高雅的女性飘然而至，让他吃了一惊，况且她浑身散发出青春和美的魅力，他一下子感觉到，她的心灵无比温柔、无比纯洁、无比高贵，说不出多么迷人，她简直像一位女神。儿子忙着满足她的仙乐般悦耳的请求，这时老人迎向她，朴实而又恭敬，邀请她在简陋的炉台边就座。炉台砌在屋子中间，轻盈的蓝色火苗悄悄蹿动。她一走进房间，就发现室内摆设了上千件稀罕的物品，收拾得十分整洁，让人感觉到一种奇异的圣洁，而穿着朴素、值得尊敬的老人与质朴谦恭的儿子益发加深了这种印象。老人一眼就看出她是宫廷里的人，华贵的衣妆和高雅的举止足以证明她的身份。儿子出去之后，她向他询问一些特别引人注目的稀奇古画，他当然乐意为她讲解，而且颇有风度。过了一会儿，儿子端来满满一罐鲜牛奶，大方而恭敬地递到她手上。她同主人作了一番饶有兴致的谈话，然后非常诚挚地感谢他们的友好款待，红着脸请求老人允许她再来拜访，以便聆听他关于许多神奇事物的谆谆指教，随即她骑马离去，不曾暴露身份，因为她发现父子俩并不认识她。虽然京城近在咫尺，父子俩却潜心于自己的研究，尽量避开人群的喧嚣，小伙子从来没有兴趣参加宫廷的庆典；何况通常他顶多离开父亲一个小时，偶尔去树林里转一转，观赏蝴蝶、甲虫和植物，吸取沉静的自然之神赐予的灵感，而这离不开自然之神所呈现的万千景物的影响。对于老人、公主和年轻人，当天那件普通的事情都很重要。老人一下子便看出，那位陌生女郎给他儿子留下了新奇而深刻的印象。他非常了解自己的儿子，所以知道任何深刻的印象对于他都将终生难忘。儿子正年轻，他的心性必定使这种最初的感受化为不可克制的倾慕。老人早已预感到这种事件正渐渐临近。迷人的公主突然出现，使他不禁产生了一种疼爱，他总是对一切充满信心，这便打消了对这个奇异的偶然事件如何发展的所有顾虑。公主怀着从未有过的异样心情，缓缓踏上回家之路。她只感觉到一个新的世界，这种感觉若隐若现，动荡不止，是那样的美妙，而她脑子里却一片空白。一道神奇的面纱，上面有宽宽的褶子，渐渐蒙住了她清晰的意识。她觉得，只要一撩开面纱，她就会置身于一个超凡的世界。对迄今为止一心钻研的诗艺，她的回忆已化为一首遥远的歌，将她的无比奇妙的梦想跟逝去的时代连接在一起。回到宫殿时，那种富丽和繁华几乎令她感到惊异，而在父亲迎接她时，她的感觉更加强烈，父亲的面目平生第一次引起她深深的敬畏。她觉得不能讲出她的奇遇，绝对不能。对于她痴迷专注的神情，陷入幻想和沉思的目光，人们早已习惯了，所以并未发现什么异常。她的心情不再像从前那么愉快；她感觉自己完全处于陌生人之中，一种特别的畏惧伴随着她，直到傍晚的歌会，一个诗人歌唱希望，激情澎湃地赞美信念的奇迹，只要坚信我们的愿望终将实现，这首欢快的歌给了她甜蜜的安慰，把她带进最舒坦的梦乡。当她告别以后，年轻人随即潜入树林。他在路旁的树丛里跟踪她，直到花园的门边，然后原路返回。在路上，他发现脚下有个东西闪闪发光。他弯下身去，拾起一粒暗红色的宝石，一面璀璨夺目，另一面镌刻着读不懂的符号。他认出这是珍贵的红宝石，好像刚才在陌生女郎的项链上见到过。他急忙赶回家，仿佛她还在那里，并把宝石交给了父亲。他俩商定，让儿子第二天去路上守候，也许她会派人来寻找，那就可以交还宝石；否则只好把宝石保存起来，等她下次来访，再亲手交给她本人。年轻人几乎彻夜未眠，一直打量着宝石，拂晓时分，他感到有一种不可抑止的冲动，想在纸上写点什么，然后他用纸条把宝石包起来。他自己也不清楚，他写下的词句究竟想表达什么。

谜一般的字符深深镌入
这颗血红炽热的宝石，
一颗心珍藏陌生的少女，
宝石与心或可比拟。
宝石的光芒耀眼夺目，
心中的浪潮熠熠生辉。
荣耀之光在宝石里永存，
这颗心也将拥有心灵之心？

“天还没亮他就上路了，朝花园门口疾步走去。

“当公主晚上宽衣就寝时，才发现项链上那颗珍贵的宝石不见了，那是她母亲送给她的，而且是她的护身符，可以确保她的个人自由，因为只要戴着宝石，她绝不会违心地接受别人的控制。

“失去了宝石，她与其说感到害怕，不如说觉得诧异。她记得，昨天骑马漫游时还戴着宝石，因此确信一定是掉在老人的家里，或是遗失在回来的林间小路上；那条路她还清楚地记得，于是她决定，天一亮就去寻找宝石，拿定了主意，她的脸色变得开朗，甚至流露出一种表情，仿佛丢失了宝石，她居然一点也不难过，大概这倒给了她一个理由，尽快再次踏上那条路。天亮了，她穿过花园走进森林，因为比平常走得匆忙，所以当她发觉心怦怦直跳，胸口堵得慌，她也毫不奇怪。朝霞刚刚给树梢抹上一层金辉，古老的大树发出轻柔的絮语，互相拂动，仿佛要把对方从梦境中唤醒，好一道迎接朝阳，这时候公主听见远处传来响声，于是沿路走下去，她看见那个年轻人正朝她快步走来，年轻人同时也发现了她。

“他突然停下，呆呆地站了一会儿，目不转睛地盯着她，好像要让自己相信她的出现是真实而非幻影。他俩彼此问候，带着一种含蓄的喜悦，仿佛他俩早已相识而且相爱。公主还来不及向他解释，自己为什么这么早出来漫步，他已脸红心跳向她递上用字条包住的宝石。公主似乎猜出了字条上写的什么。她以颤抖的手默默接过宝石，情不自禁地把自己戴着的金项链挂到他的脖子上，以报答幸好是他拾到了宝石。他羞涩地跪在她面前，这时她向他问起他父亲的情况，他却久久说不出话来。她垂下目光，轻声告诉他，她会很快再来他们这里，因为他父亲答应出示自己的珍藏，她很高兴可以一饱眼福。

“她再次非常诚挚地感谢年轻人，然后慢慢往回走，再也没有回头。年轻人说不出一句话。他恭恭敬敬地向她鞠躬，目送她远去，直到她的身影消失在树林中。几天之后她再次莅临，接着又频频来访。年轻人不知不觉成了她来此漫步的伴侣。他定时去花园接她，过后再送她回去。她注意到自己闭口不提自己的身份，虽然平常她对这位伴侣相当信赖，而且没隔多久，她美好心灵里的任何念头都不会向他隐瞒。好像她高贵的出身使她产生了一种说不清的恐惧。年轻人也同样向她敞开自己的心扉。父子俩以为她是宫廷里的一位贵族姑娘。她依恋老人，表现出女儿一般的娇柔。她对老人十分亲热，而这恰是她对年轻人充满柔情的可喜的先兆。不久她就把这个不寻常的家当成了自己的家；她常常一边弹着琉特，一边以天仙般的嗓音，为父亲和坐在她膝边的儿子吟唱迷人的歌曲，还向儿子传授这门优雅的艺术；反过来，她也从他那倾诉的嘴中获悉了随处可见的自然之谜的谜底。他告诉她，世界是怎样通过神奇的交感而形成的，天体又怎样聚合，犹如旋律曼妙的圆舞。通过他神圣的描述，太古时代的历史画面浮现在她心中；她何等欣喜，当这个富有灵感的弟子靠难以置信的苦练，终于弹起琉特，唱出最美妙的歌曲。有一天他俩又聚在一起，一种跃跃欲试的冲动激荡着他的心灵，而在回家的路上，强烈的爱情也最终压倒了她那种处女的矜持，于是他俩不知不觉地投入对方的怀抱，第一次热烈的亲吻把他俩永远融合在一起。这时随着暮霭降临，树林上面突然狂风大作，翻滚的乌云夹着沉沉夜色卷过头顶。他急忙带她躲避可怕的暴风雨和倾倒的大树，可是由于太担心他爱人的安危，他在黑暗中走错了路，陷入密林深处。他发现迷了路，愈加惊恐不安。公主想到国王和宫廷将会何等震惊，一种难以名状的恐惧不时穿透她的心灵，像毁灭性的闪电，她的爱人不停地安慰她，只有他的声音重新给了她勇气和信赖，使她紧张的心情松弛下来。风暴仍在咆哮；寻找道路的一切努力均属徒劳，值得庆幸的是，当一道闪电划过时，他们发现相隔不远，长满树木的陡坡上有一个山洞，那里兴许是个安全的藏身处，可以躲避肆虐的暴风雨，恢复已经耗尽的体力。幸运使他们如愿以偿。山洞很干燥，长满了洁净的苔藓。年轻人迅速用树枝和苔藓点燃一堆火，他们可以在火堆旁把衣裳烤干，此时此刻，这对恋人才发觉，由于种种奇遇，他们远离了世界，摆脱了十分危险的处境，相互偎依在一个舒适温暖的栖所。

“一枝结满果实的野杏伸进了洞口，旁边滴落的清水可供止渴。年轻人随身带着琉特，此时在劈啪作响的火堆旁聆听琴音，真是一种享受，于是他们慢慢平静下来，心情也开朗了。命运之神似乎要尽快解开这个死结，因而借此难得的机会，把他俩带入这种浪漫的场景。他们的心灵天真无邪，他们的情感如痴如迷，他们甜美的激情和青春融合为一种不可抗拒的魔力，这一切使他们很快忘记了世界和自己的处境，并且以风暴为新婚曲，以闪电作婚礼火把，让他们沉入世上每一对情侣为之销魂的最甜蜜的梦境。在蓝色的晨光中醒来，他们仿佛置身于一个极乐的新世界。但随后滚滚热泪涌出公主的双眼，泄露了她心中又泛起万般愁绪。一夜之间他长大了好几岁，已经成长为一个男人。他满腔激情，安慰他的爱人，让她想到他俩真挚而神圣的爱情，想到爱情会带给他们崇高的信念，请求她满怀信心地等待，她心灵的守护神将赐予最喜乐的未来。公主觉得他的话有道理，并向他表明自己是国王的女儿，她只是担心父亲太高傲，还会为此难受。经过长久而周密的考虑，他们对必须作出的决定达成了一致，年轻人立刻上路去见他父亲，把他们的计划告知与他。他答应她很快就会回来，然后放心地离去，心里甜甜地琢磨事情该怎样进行。年轻人很快回到家中，父亲见他安然归来，十分高兴。他随即获悉了这对恋人的遭遇和计划，经过一番考虑，他表示愿意给予支持。他的家相当隐蔽，而且有几间很难发现的地下室，可供公主居住。于是公主傍晚被接回来，老人的款待令她深受感动。后来她常常想起悲伤的父亲，便感到孤单并伤心落泪；可是在爱人面前，她总是把自己的痛苦隐藏起来，她只对老人倾诉，老人会亲切地安慰她，告诉她不久即可回到她父亲身边。

“当天晚上，宫廷的人们发现公主失踪了，顿时陷入巨大的惊恐之中。国王像掉了魂似的，派人四处寻找她。没有人能解释她失踪的缘由。没有人想到秘密的爱情上面，也没有人猜测这是拐骗，因为别的人确实一个不少。甚至没有一丝线索可让人作出最离谱的猜想。派出的使者皆无功而返，国王忧心如焚。只有当夜幕降临，歌手们来到他身边，为他献上优美的歌曲，昔日的欢乐仿佛才浮现在他眼前；他恍惚觉得女儿近在咫尺，又重新获得了希望，即将与她重逢。

可是过后他又是独自一人，他的心再次被撕裂，他号啕大哭。这时他会扪心自问：一切的荣耀，高贵的血统现在对我又有何益？现在我竟比别人更悲苦。什么也不能替代我的女儿。没有她，歌唱不过是空话和虚幻。她便是魔法，能赐予歌唱以生命和欢乐、魅力和形象。我倒宁愿自己是一个最卑贱的奴仆。这样我至少还拥有我的女儿，也许还有个女婿和几个绕膝承欢的外孙：这样我会是与现在不同的另一个国王。做一个国王不是凭王冠和王国，而是凭那种充实饱满的幸福感，对世俗财富的满足感，那种心满意足的感觉。现在我为我的高傲受到了惩罚。失去妻子给我的打击还不够。如今我还得忍受无穷的悲苦。这就是无限思念女儿的国王的悲诉。有时候他又突然表现出从前的严厉和骄傲。他为自己如此哀怨而气恼；他要像一个国王那样忍耐和沉默。这时他认为，他应该比任何人受更多的苦，当国王就免不了巨大的痛苦；但是当夜晚来临，他走进女儿的房间，看见她的衣裳挂在那里，她的小玩意随便摆放着，好像她刚刚离开房间：此时他就忘记了自己的决心，捶胸顿足像一个伤心的人，并且把最低贱的仆人唤来分担他的痛苦。整个都城乃至全国皆与他同悲，人们伤心地痛苦哀叹。奇怪的是，到处都在传说公主依然活着，不久就会同丈夫一道回来。无人知晓这消息来自何处，但是人人又都乐于相信，而且日夜惦念，急不可耐地盼望她尽快归来。就这样几个月过去了，直到又一个春天来临。‘时辰已到，’有人兴奋地说，‘现在公主也该回来了。’就连国王也变得开朗起来，愈加充满了希望。他觉得，那个传言像是某个仁慈的天神的预言。从前的聚会又开始恢复，跟昔日繁华的盛况相比，似乎就只差公主了。一天傍晚，恰好是公主消失了一年，宫廷里的人全都汇聚在花园。空气温暖而清爽；一阵微风只轻轻吹拂高高的树梢，像是预报欢畅的春风正从远方赶来。在许多火炬的映照下，一股强劲的喷泉闪烁着万点亮光，射向幽暗的、沙沙作响的树梢，又以悦耳的水声为树下此起彼伏的歌声伴奏。国王坐在一张珍贵的地毯上，臣仆们穿着节日的盛装，围聚在他的身边。人群挤满了花园，围观精彩的演出。此时国王陷入了沉思。女儿的容貌异常清晰地浮现在他眼前；他想起那些幸福的日子，但一切都在去年的此时突然结束。强烈的思念涌上心头，泪珠常挂在他威严的脸庞上；可是他感受到一种异乎寻常的欢喜。他仿佛觉得，这悲伤的一年不过是一场噩梦。他抬起目光，仿佛在人群和树林中搜寻她那高贵、神圣、迷人的形象。诗人们刚刚吟唱完毕，四周一片沉静，似乎泄露出众人深受感动，因为诗人赞美了重逢的欢乐、春天和未来，而希望则常常为之增添光彩。

“突然之间，一种陌生的歌声打破了寂静，这歌声婉转动人，好像从一棵古老的橡树轻轻飘来。所有的目光都转向那里，人们看见一个年轻人，身着简朴而陌生的服装，怀抱一把琉特，一边平静地继续歌唱，一边在国王把目光转向他时，向国王深深地鞠了一躬。他的嗓音格外美妙，他的歌曲新异又神奇。他吟唱的是宇宙的起源，星辰、植物、动物和人类的诞生，大自然的全能的交感，古老的黄金时代及其王后——爱与诗，仇恨和野蛮的出现，以及与两位仁慈的女神的较量，最后他歌咏女神凯旋于未来，苦难终于结束，自然恢复青春，一个永恒的黄金时代再度归来。被他的激情所打动，那些年迈的诗人此时禁不住走上前去，把这位奇特的陌生人围了起来。观众沉浸在一种从未体验过的欣喜之中，国王本人则觉得，自己好像被一股天堂的潮流席卷而去。这样的歌声简直闻所未闻，众人真的以为，是天上的神灵出现在他们中间，况且伴随着歌唱，年轻人显得益发俊美，益发庄严，他的声音益发雄浑。风儿拂动着金色的鬈发。琉特像在他手中注满了灵气，他的目光似乎痴痴地遥望一个更隐秘的世界。还有他的脸那么单纯，天真无邪，让众人觉得超凡脱俗。美妙的歌声终于结束了。白发苍苍的老诗人含着喜悦的泪水，把年轻人拥入怀中。观众的心中发出了无声的赞叹。国王激动地朝他走去。年轻人谦恭地跪倒在他脚下。国王把他扶起来，真诚地拥抱他，叫他为自己要一份赏辞。这时他一下子脸红了，他请求国王再赏脸听一首歌，然后决定是否满足他的要求。国王退后几步，陌生人开口唱道：

歌手走在崎岖的小径上，
刺丛撕破了他的衣裤；
他必须越过沼泽和大江，
没有谁伸手给他援助。
疲惫的心孤独惶恐，
此时发出声声悲诉；
力已耗尽，连琉特也太重，
深深的痛苦已将他征服。

‘我已注定了悲惨的命运，
完全被抛弃，四处流浪，
我带给众人欢乐和宁静，
却无人与我共同分享。
多亏有了我，人人尽开颜，
享受自己的生命财富；
可是他们目光太短浅，
从不理会心灵的渴求。

人们让我悄悄地离去，
就像看着春天消逝；
春天远去了，多么忧郁，
却没有谁为之伤悲。
他们只是把丰收盼望，
种子由春天播撒，谁知道？
我可以为他们描绘天堂，
但从来没人为我祷告。

我心怀感激，只觉得魔力
已经注满了我的双唇。
哦！但愿爱情的神奇纽带
也只系牢我的意中人。
这个可怜人，谁也不关心，
他穷愁潦倒来自远方；
还有哪颗心将他怜悯，
为他解除无尽的忧伤？'

歌手躺倒在深深的草丛，
他泪流满面，渐渐入睡；
这时那位崇高的歌神
悄悄飘进忧郁的胸怀：

‘把你的痛苦立刻忘掉，
你的厄运不会久长，
你在草棚里徒劳地寻找，
在王宫你一定如愿以偿。

艰难的旅程已接近终点，
你将获得最高的报偿；
桃金娘花环变成王冠，
最忠贞的手为你戴上。
一颗和谐的心被召至
王座之旁，分享荣誉；
诗人攀登崎岖的石梯，
最终成为国王的女婿。’

“他的歌唱到这里，此时发生的一幕令众人深感诧异：在他咏唱的时候，出现了一位老人和一位蒙着面纱的少妇，她身材优美，怀里抱着一个非常漂亮的小孩，这个小孩在陌生的人群中友好地张望，然后微笑着把他的小手伸向国王亮闪闪的王冠，这时候老人和少妇已经站到歌手身后；但更让人们惊奇的是，国王那只心爱的山鹰，平常总是在他身边，却突然从古老的树梢飞下来，脚上还抓着一只金额环，显然是从国王的卧室偷来的，它飞到年轻人的头上，于是额环恰好套住他的鬈发。陌生人吃了一惊；山鹰飞到国王身边，留下了额环。那孩子想要额环，年轻人便递给他，随后向国王单腿跪立，以激动的声音继续唱道：

歌手从这个美梦中苏醒，
迫不及待，欣喜地启程；
高高的树下他向前飞奔，
一步步走近王宫的铁门。
宫墙好似钢，磨得精光，
歌声却飞快爬过墙垣，
爱情和忧伤给了她力量，
公主翻墙来到他身前。

他俩深情地紧紧拥抱，
铠甲铿锵令他们逃窜；
在避难地，夜晚静悄悄，
心中燃起甜蜜的火焰。
他们惊恐地躲进深山，
因为害怕国王发怒；
现在每天醒来一睁眼，
他们既欢喜却又痛苦。

公主已做了母亲，歌手

宛转吟唱，教她别绝望；
歌声恰好为国王引路，
走进他俩藏身的地方。
女儿便将怀中的外孙，
一头金发，双手递给他；
他俩跪倒，惶恐又懊悔，
国王的怒火冰消雪化。

父亲虽贵为君王，他的心
也须屈服于爱情和歌唱，
慈爱立刻将深深悲情
化作永久欢乐之渴望。
凡是被爱情夺走的，爱情
必随即偿还并多倍弥补，
父女亲吻，这和解之吻
允诺了天堂般的幸福。

歌神，请你赶快降临吧，
现在也将亲情守护；
失去的女儿，将她带回家，
好让国王骨肉团聚！——
他会欢喜地将她拥抱，
对他的外孙格外怜惜，

当他心中柔情如浪潮，
也拥抱歌手，亲如儿子。

“歌声余音缭绕，慢慢消失于昏暗的通道。年轻人用颤抖的手揭开面纱。公主泪流满面地跪到国王的脚下，并将美丽的孩子递给他。歌手也垂头跪在她身旁。一种可怕的寂静仿佛令众人屏住了呼吸。国王一阵沉默，脸色严峻；然后他把公主拉到胸前，长时间地、紧紧地拥抱她并放声大哭。接着他又扶起年轻人，满怀柔情地与他拥抱。人群发出响亮的欢呼并纷纷围了过来。国王接过孩子，无比虔诚地把他举向空中；然后他亲切地向老人问候。欢喜的泪水倾洒下来。诗人们放开歌喉，对整个国家而言，这个夜晚不啻是一个神圣的夜晚，王国的生活从此将永远是一个美好的节日。没有人知道，这个王国如今在何方。只是据传说，亚特兰蒂斯岛被巨浪卷走了，永远消失了。”

第四章

几天的行程结束了，路上一点也没有耽搁。大道坚实而干燥，天气晴朗凉爽，他们经过的地方都有人定居，土地肥沃，呈现出不同的景象。可怕的图林根森林已经落在身后；现在这段路是商人们常走的，所以他们同当地人都很熟悉，也受到十分殷勤的接待。他们尽量避开强盗出没的偏僻地带，要是必须由此经过，就带上足够的保镖。在附近山中，有几个城堡的主人常与商人互通音讯，商人便去拜访，并询问他们是否需要在奥格斯堡订货。商人们受到热情款待，特别好奇的夫人和闺女们则围住了陌生的客人。亨利希的母亲既热心又随和，很快赢得了她们的喜爱。大家很高兴见到一位来自京城的夫人，她也乐意传授一些时兴的东西，如怎样烹制几道可口的菜肴。年轻的奥夫特丁根受到骑士和夫人们夸奖，因为他很谦逊，举止温和而自然，夫人们喜欢打量他那动人的模样，他的模样好比是一个陌生人说出的一句寻常话，当时几乎没人在意，直到那人离去很久以后，它那深藏而不显眼的花蕾才渐渐绽开，最终竟变成一朵娇艳的花，一层层花瓣透出绚丽的光彩，于是人们永远忘不了它，永不腻烦地重复它，随之拥有了一座可以随时采掘的、永不枯竭的宝藏。人们现在更仔细地回想那个陌生人，想呀想呀，终于恍然大悟：原来他来自一个更高的世界。——商人们接受了非常多的订货，大家分手道别，衷心祝愿不久再重逢。其中有一座城堡，他们接近傍晚才抵达，在那里度过了愉快的时光。主人从前是一名武士，他经常举行盛大的宴会，以此享受和平的闲暇，驱散镇日的孤独，除了轰轰烈烈的战场和骑马打猎，他便只会用斟得满满的酒杯来打发时光。

他以兄弟般的情意接待刚到的客人，身边还有一帮喧闹的酒友。母亲被带去拜见主妇。商人们和亨利希则须坐上欢快的酒席，酒盅飞快地转着圈子。因为亨利希还年轻，许多人替他说情，于是他不必次次举杯回敬别人，相反商人们从不让自己闲着，而是尽情豪饮法兰克陈酿。话题转向从前打仗的惊险场面。亨利希聚精会神地听别人讲述这些新奇的故事。骑士们谈起那片圣地，圣墓的奇迹，东征的冒险经历，也谈起他们的远航，撒拉逊人（有几个骑士曾落入这些异教徒手中），以及战场和营地上痛快而非凡的生活。基督教诞生的那个美丽的地方至今仍在异教徒占领之下，惨遭蹂躏，他们对此表示出强烈的义愤。他们还大力赞扬那些伟大的英雄，在反抗那个亵渎神灵的种族的斗争中，他们始终英勇不屈，为自己赢得了永恒的荣耀。城堡的主人展示了一把宝剑，这是他亲手从一个敌方首领那里缴获的，他攻克了他的要塞，杀死了他，俘虏了他的老婆和孩子，后来皇帝恩准他把宝剑刻在他的徽章上。大家观赏这把精美的宝剑，亨利希也伸手接过宝剑，此时他感到心中升起一股厮杀的豪情。他无比虔敬地亲吻宝剑。骑士们为他的表现深感欣慰。老人拥抱他，并且激励他永远投身于圣墓的解放事业，让创造奇迹的十字架牢牢托在他的双肩上。他深受震撼，他的手仿佛再不能松开宝剑。"记住吧，我的儿子，"老骑士高声喊道，"又一次十字军东征即将来临。皇帝将亲自率领大军开赴东方。十字架的召唤将再次响彻欧洲，虔诚的豪情激荡四方。谁知道呢，也许一年之后，我们将作为胜利者欢聚在举世闻名的圣城耶路撒冷，畅饮故乡的美酒并怀念祖国。你也会看见我身边有一个东方姑娘，在我们西方人眼中，她们楚楚动人，只要你剑术高超，你有的是美丽的俘虏。"骑士们齐声高唱当时传遍欧洲的十字军战歌：

圣墓落到异教徒手中；
墓里躺着救世主，
它必须忍受邪恶和嘲讽，

每天都遭到亵渎。
从墓中发出深沉的怨诉：
“我惨遭蹂躏，谁来解救！”

基督世界已不复存在！
英勇的信徒今在何方？
谁背负十字架，在这个时代？
谁能够重新恢复信仰？
最可耻的锁链靠谁砸碎？
谁能使圣墓再放光辉？

神圣的风暴在黑夜来临，
袭向陆地，袭向大海；
它将麻木的沉睡者惊醒，
摧毁城池、岗楼和营寨，
控诉的怒吼响彻云天：
“起来，基督徒，奔赴前线。”

处处有天使悄悄出现，
面容多么庄重，
一群朝圣者聚在城门前，
脸上充满悲痛；
他们以惊悸的声调控诉

撒拉逊人的残忍恐怖。

清晨来临，红日暗淡，
在基督徒广袤的国土。
倾诉悲情和爱的辛酸，
民众个个争先恐后。
人人拿起十字架和刀剑，
满腔怒火，告别家园。

全军上下士气高昂，
一定要解放圣墓。
众人欣喜地奔向海洋，
好尽快踏上圣土。
就连孩子们也踊跃加入，
壮大了圣战的队伍。

十字架军旗迎风飘舞，
老英雄领着后生。
乐园的大门将畅通无阻，
迎接虔诚的士兵；
谁不想把幸福分享，
为基督血洒疆场。

战斗吧，基督徒！上帝的部属
也一同开往迦南。
猖狂的异教徒即将遭受
上帝降下的劫难。
我们很快会心满意足，
用敌人的血洗净圣墓。

圣母莅临惨烈的战地，
众天使将她驮负，
死于剑下的每个兵士
都在她怀中复苏。
神采奕奕，她俯身垂向
炫目的剑影刀光。

圣墓发出深沉的召唤！
快攻占这块圣地！
祈祷和胜利终将赦免
基督世界的过失！
异教的王国日暮途穷，
圣墓又回到我们手中。

亨利希的心灵异常激奋，他眼前浮现出圣墓，恍若一位苍白而高贵的青年，坐在一块巨石上，被疯狂的暴民团团围住，并受到残忍的虐待，仿佛他正带着痛苦不堪的表情，遥望一座十字架，那十字架轮廓分明，在背景的映衬下隐隐放光，并在一片汪洋的滚滚波涛中变幻成千千万万。

这时候他母亲招他过去，好把他引见给骑士夫人。骑士们沉醉于豪饮和对即将来临的远征的想象之中，没有发现亨利希离去。他看见母亲正同脾气温和的老夫人亲切交谈，她向他表示热情的欢迎。这是一个愉快的傍晚；太阳就要落山了，金色的晚霞透过又深又窄的拱形窗户射进昏暗的房间，把亨利希迷住了，他很想独自待一会儿，很容易便得到许可，去城堡外面瞧一瞧。他疾步来到野外，整个心情宽松了许多，他先从高高的古岩俯瞰葱郁的山谷，一道山涧奔流而下，穿过谷地，推动了几座石磨，几乎听不清从深谷传来的磨坊的声音，随后他遥望无边无际的远方，一座座山头、森林和洼地，他的心渐渐变得宁静了。战争的喧嚣消失了，只剩下一种清晰的、意象纷呈的渴念。他觉得自己缺少一把琉特，虽然他几乎不知道，它到底是什么形状，又能发出什么样的声音。绚丽的黄昏景色迷人，让他慢慢沉入柔美的幻觉：他那朵心灵之花时隐时现，恍若心中的闪电。——他漫步穿过野生的灌木丛，爬过长满苔藓的山崖，突然从附近的峡谷传来一个女人轻柔动人的歌声，还伴着美妙的琴音，他顿时醒来。他敢肯定这是琉特的曲调；他十分惊奇地停住脚步，听她用并不流利的德语唱完下面这首歌：

这疲惫的心在异国他乡
至今仍未破碎？
那暗淡的希望之光
始终映入我眼里？
兴许我还能梦想回家？
我的热泪滚滚流下，
直到我的心死于伤悲。

但愿我还能带你去看
桃金娘，雪松的云鬓！
请你光临欢快的庆典，
姐妹们舞步轻盈！
到那时你眼中的女友
骄傲如从前，披金戴玉，
身穿锦绣的衣裙。

高贵的少年都向她鞠躬，
目光如痴如醉；
温柔的歌声伴着金星

缓缓朝我升起。
她的爱人值得信赖；
对女人永远忠贞挚爱，
这便是男人的誓语。

那里的天空宠爱大地，
垂顾晶莹的流泉，
以香膏一般灼热的雨水
殷勤浇灌着林苑，
成千上万的五彩歌手
在这个乐园无忧无虑，
留连于花果之间。

青春的梦是那么渺茫！
祖国也遥不可及！
昔日的树林早已被砍光，
宫殿惨遭焚毁。
多么可怕，像狂飙怒卷
一支大军踏破了河山，
乐园顿时崩溃。

熊熊烈火腾空而起，
蓝天烽烟滚滚，

野蛮的士兵，骄傲的铁骑
终于攻进了城门。
刀剑铿锵，我们的兄弟，
我们的父老一去不复回，
我们也陷入厄运。

我们的目光渐渐昏暗；
遥远的父母之邦，
啊！我怀着深情和思念
时时将你回望！
若是没有身边的孩子，
这屈辱的生命，我早已
索性让它消亡。

亨利希听见一个小孩哭泣，还有谁正在安慰。他穿过树丛走进峡谷，看见一个苍白憔悴的姑娘坐在一棵古老的橡树下，一个漂亮的小孩搂住她的脖子哭叫，她也泪流满面，一把琉特放在旁边草地上。她有些惊慌，当她突然看见一个陌生男子带着忧伤的神色朝她走来。

“您也许听见了我的歌声，”她友好地说，“我觉得您的长相很熟悉，让我想想——我的记性越来越差，可是您的模样在我心中唤起了一种从欢乐的往昔留下的奇特的记忆。哦！我发觉您很像我的一个哥哥，在我们遭遇不幸之前，他就离开了我们，前往波斯去拜谒一位著名诗人。或许他还活着，还在为他的姊妹的不幸而悲歌。他给我们留下了许多美妙的歌曲，要是我还记得几首，那该多好呀！他既高贵又温柔，他最大的幸福莫过于弹起心爱的琉特。”那孩子是个女孩，大约十一二岁，她不眨眼地瞅着陌生的年轻人，并紧紧贴在不幸的祖莉玛胸前。亨利希心中充满同情；他用亲切的言语安慰女歌手，请求她把自己的故事更详细地讲述一遍。她好像并非不乐意。亨利希坐到她对面，倾听她那常常被泪水打断的叙述。她的话题大多围绕着对她的同胞和祖国的赞美。她描述他们高尚的情操，他们对生命的诗、对大自然的那种神秘奇妙的美有一种纯粹的渴慕。她展现出那片富饶的阿拉伯土地上的奇异美景，就像茫茫沙漠中的幸福的绿洲，像走投无路、需要安息的人们的避难所，又像人间天堂，处处看得见清泉潺潺流过茂密的草地、闪光的岩石和令人赞叹的古老林苑，处处听得见五彩的小鸟歌喉婉转，许多值得怀念的古代遗迹更为之增添了几分魅力。“您还会惊讶地发现，”她继续讲述，“古老的石片上那些文字和图画，色彩斑斓，非常罕见。它们看起来如此熟悉，而且保存得如此完好，这并非没有缘故。人们苦思冥想，也琢磨出个别的意思，却反倒更想猜出这种古老文字的深邃的关联。未知的奥义激发起非同寻常的沉思，即使人们离开那里时并没有如愿以偿的收获，也在自身之中获得了许许多多惊人的发现，它们将赋予生命一种全新的光芒，促使心灵不懈地追求，而且最终得到报偿。那片土地上早已有人栖居，先民的勤奋、劳作和眷恋早已使它变得无比美好，那里的生活有一种特殊的魅力。大自然也好像变得更有人性，更好理解，在透明的现实之中，有一种朦胧的回忆把轮廓清晰的远古世界收至眼底，于是人们享有双重的世界，它也恰恰因此失去了沉重和强暴，并化为我们的感觉的神奇诗篇和寓言。谁也不知道，在这当中，是否那些隐而不现的先民也同时发挥着神秘莫测的影响，或许正是这种隐秘的吸引力，一旦某个醒悟的时刻来临，驱使人们远离新的家园，怀着急迫的心情势不可挡地拥向祖先的故乡，并且激励他们，不惜付出生命财产去攻占这些地域。”她停了停又接着说：“别人告诉您，我的同胞如何残忍，您可不要相信。任何地方都不会这样优待俘虏，你们的朝圣者去耶路撒冷，也受到十分友好的接待，只是他们往往配不上这份情意。绝大多数是些捣蛋的恶人，他们给自己的朝圣打上了无赖的印记，因此当然常落入正义的复仇之神手中。基督教徒本来可以平平静静地祭拜圣墓，没有必要发动一场可怕而无益的战争，因为战争只会激起怨恨，带来无尽的痛苦，使东方永远脱离欧洲。占领者的名字有多重要呢？我们的君主非常虔诚地敬仰你们的圣子之墓，我们也把圣子当成神灵般的先知；要是他的圣墓能够成为一种幸福契合的摇篮，成为永久的亲善联盟的契机，那该多好啊！”

就在他们谈话之间，傍晚过去了。夜色渐渐笼罩大地，月亮从湿润的树林升起，洒下一片静静的清辉。他俩慢慢爬向城堡；亨利希思绪万千，战争的狂热已消失殆尽。他发现这个世界混乱却又神奇；月亮向他展示了一个慰藉的旁观者的形象，并将他提升到高低不平的大地上空，从高处看，这种突陷微不足道，可是在跋涉者的眼中显得如此悬殊，难以逾越。祖莉玛默默跟在他身边，手里牵着孩子。亨利希背着琉特。他在替他的女伴寻找那渺茫的希望，有朝一日重见并复兴她的祖国，此时他心中感觉到一种强烈的使命，他要拯救她，却不知道可以采取哪种方式。他简单的话语好像有某种特殊的力量，使祖莉玛得到极大的安慰，她以最动人的言辞感谢他的关怀。骑士们还在畅饮，母亲拉着家常。亨利希不想回到喧闹的大厅去。他觉得疲乏，随即同母亲一道走进给他们准备的卧室。就寝之前，他向她讲述了自己遭遇的事情，然后很快沉入了愉快的梦乡。商人们也早已回房休息，第二天一早又精神十足。他们出发时，骑士们仍在酣睡；但是女主人跟他们依依道别。祖莉玛只睡了一小会儿，心中的喜悦使她难以入眠；分手时她出现了，她殷勤地服侍客人，显得很恭顺。离别之际，她流着泪水把她的琉特递给亨利希，用感人的声调求他带上琉特，不要忘记祖莉玛。“这是我哥哥的琉特，”她说，“是他临行之前送给我的，也是我抢救出来的唯一财富。昨天您好像很喜欢它，而您给我留下了一件无价的礼物——甜美的希望。请收下这份薄礼，它表示我的感激之情，把它当作您怀念可怜的祖莉玛的信物吧。我们肯定还会见面，到那时我也许更幸福。”亨利希哭了，他拒绝接受这把对她来说不可或缺的琉特：“请送给我，”他说，“您头上那条绣着陌生字母的金发带，如果它不是您父母或您兄妹的纪念物，作为交换，请您收下一条纱巾，我母亲一定乐意把它转让给我。”她终于听从了他的劝说，一边给他发带一边说：“这是我的名字，是我的祖国的文字，在那些美好的日子里，我亲手把它绣到这条发带上。时常瞧瞧它吧，您要想到，在一段漫长而痛苦的时间里，是它束着我的头发，而且随主人一道失去了光泽。”亨利希的母亲掏出纱巾，递给她，同时把她拉到怀中，流着热泪与她拥抱。——

第五章

几天以后他们来到一个村庄，位于几座尖顶山的山脚，深深的峡谷隔开了山峦。这个地方很富饶，景色秀丽，不过山背面看起来一片荒凉，让人感到恐惧。旅店相当洁净，待客也很殷勤，店堂里人很多，有些是旅客，有些只是来喝酒的，都坐在那里谈天说地。

我们的旅行者也掺和进去，加入他们的谈话。众人的注意力主要集中在一个老人的身上，他穿着异国服装，坐在一张桌子旁，和气地回答别人向他提出的一些好奇的问题。他曾经到过许多国家，今天早晨他仔细查看了这一带，此时他正在讲述他的专长和他今天的发现，人们称他为探宝人。可是他很谦虚地谈起他的见识和本事，不过他讲的事情的确稀奇罕见。他说他出生于波希米亚。从少年时代起，他就有种强烈的好奇感，很想知道大山里面究竟埋藏着什么，泉水来自何处，以及哪里可以找到让人们垂涎三尺的金子、银子和珍贵的宝石。在附近的寺院里，他经常久久注视画像和圣人遗物上面那些坚固而闪亮的宝物，但愿它们能对他开口，向他说出它们神秘的来源。他也许偶尔听说它们来自偏远的国度；但他老是想，为什么这一带不会有这样的奇珍异宝呢。这里的山峦雄浑峻拔，坚不可摧，绝不是没有缘由的；有时候他还想入非非，仿佛自己在山上找到了熠熠发光的宝石。他在岩缝和山洞里不辞辛苦地爬来爬去，怀着说不出的喜悦在这些古老的石窟和洞穴中四处搜寻。——终于有一次，他遇见一个旅行者，那人对他说，他必须当一名矿工，这样他的好奇心才能得到满足。波希米亚没有矿山。他只要一直沿着河往下走，大约十至十二天后便可到达欧拉，在那里他只需说自己很想当矿工。他没有半点犹豫，第二天就上路了。“经过十来天艰难的跋涉，”他继续讲道，“我来到欧拉。我无法告诉你们，当我从一个山坡上看见一堆堆矿石，散布在绿色的灌木丛中，石堆上搭着木棚，当我看见团团浓烟从山谷飘向树林上空，这时我的心情多么喜悦。远处传来的轰鸣声更加深了我的期盼，怀着难以置信的好奇心和默默的敬慕，我很快来到一个这样的石堆上，人们把它叫做矸石山，我站在木棚里面昏暗的矿井前，坑道陡直地通向大山深处。我疾步奔向山谷，很快碰上了几个身穿黑衣头戴矿灯的男人，我确信他们是矿工，并羞怯地向他们表达了我的愿望。他们友好地听我讲述，然后对我说，我只需顺着山谷，到冶炼厂去找采矿工长，他是他们的工头和领班；这个人会告诉我是否予以录用。他们认为，我也许可以实现自己的愿望，并教我说这里流行的问候语‘平安上井’，我最好这样跟工长打招呼。我满怀期望，愉快地朝前走去，忍不住一遍又一遍地练习刚学会的这句意味深长的问候语。我找到一个看起来很有威望的老人，他十分亲切地接待我。我向他讲述了自己的经历，并对学习他这门稀罕而神奇的技艺表示出极大的兴趣，随后他便爽快地答应满足我的愿望。我好像很讨他喜欢，他让我住在他家里。我急欲穿上神气的工装到井下去，几乎等不及这个时刻的来临。就在这天傍晚，他给我送来一套工作服，向我解释怎样使用存放在库房里的几种工具。

“傍晚矿工们来到他家里，我不愿漏掉他们谈话的每一个词，无论他们的语言，还是他们谈论的大多数内容，在我听来都陌生难懂。唯有只言片语，我以为自己听懂了，却反倒使我的好奇心愈加强烈，让我整夜在离奇的梦中不断回味。第二天我一早醒来，见到我的新房东，矿工们也渐渐聚集在他身边，听候他的吩咐。隔壁的小屋已经布置成一个小教堂。一个教士出现了，做过弥撒，然后朗诵一段庄严的祷告辞，他呼唤上天将矿工置于他神圣的庇护之下，在危险的工作中援助他们，使他们免受恶魔的侵犯和伤害，并赐予他们丰富的矿产。我从未这般狂热地做过祷告，也从未这般深切地领会弥撒的崇高含义。我觉得，我未来的同志们就像一些地下英雄，他们必须战胜千般危险，可是既然拥有奇妙的知识，他们也拥有一种令人羡慕的幸福，在与古老的岩石即大自然之子的严肃而沉默的交往中，在幽暗神奇的矿井中，他们已经作好准备，去领受上天的恩赐，并欣喜地将它带上地面，好让它主宰这个困苦的世界。礼拜仪式之后，工长交给我一盏矿灯，一尊小小的、木头的耶稣受难像，同我一道走向竖井，我们习惯这样称呼引向地下迷宫的陡直通道。他教我怎样下井，让我熟悉必要的安全规则，以及各种设备和部件的名称。他先行一步，站到圆形木台上往下滑去，一只手抓住一条套在旁边杆子上滑动的绳索，另一只手举着闪亮的矿灯；我也照他的示范去做，我们以相当快的速度随即到达一个很深的地方。我的心情格外欣喜，前面灯光闪耀，如一颗幸运之星，为我指引着通往大自然的秘密宝窟之路。我们来到下面一座迷宫里，我那位友好的师傅不厌其烦地回答我提出的好奇的问题，并向我传授他的技艺。潺潺的流水声，远离人们居住的地面，幽深盘绕的坑道，远处传来矿工劳动的呼号，都令我兴奋不已，此时此刻，我欣喜地感觉到我已完全拥有我早就梦寐以求的一切。世间万物与我们隐秘的存在，与人们从诞生之日就命中注定并准备从事的工作，大概有着更密切的关联，这种对万物的无限喜乐，平生夙愿的这种彻底满足是无法理解、无法形容的。在别人眼中，万物也许是寻常、卑贱和可怕的；但是我觉得它们不可或缺，如空气之于肺腑，如饮食之于肠胃。看见我兴致勃勃，我的老师傅也十分高兴，他向我预言，只要我始终保持勤奋，专心致志，我会成为一名优秀的矿工。就在那个三月十六日，距今已有四十五年，我怀着无比虔诚的心情，平生第一次在岩缝之间，亲眼看见了嫩叶一般的金属之王。我有一种感觉，仿佛他在此被关押在坚固的牢狱里，此刻友好地迎着这位矿工闪闪发光，正是他历尽艰难险阻凿通厚重的岩壁，开辟了通向国王的道路，好让他重见天光，在王冠、圣器和圣人的遗物上获得荣耀，并在人人珍惜的、保存完好的、刻有肖像的钱币上统治并主宰世界。从此我留在欧拉，最初我负责用筐子把采好的矿块运出来，后来一步步升为采矿工，这是进行采掘的真正的矿工。"

老矿工打住了话头，饮了一口酒，这时专注的听众向他欢呼"平安上井"。老人的故事让亨利希非常开心，他很想听老人讲下去。听众聊起了采矿时的危险和奇遇，还有一些神奇的传说，老人时不时对此发出微笑，耐心而友好地纠正他们离奇的描述。

过了一会儿，亨利希说："从那以后您大概看见并经历了许多稀奇的事情；但愿您所选择的生活方式从未让您后悔！您乐意满足别人的心愿，那么请您告诉我们，从那以后您是怎样生活的，您现在又准备踏上哪趟旅程？看来您已经走遍世界，我可以断定，您现在绝不仅仅是一个普通矿工。”——“我这个人，”老人说道，“喜欢缅怀那些逝去的时代，我可以从中找到自己享有上帝的慈悲和善良的例证。命运引导我度过了欢快喜乐的一生，没有哪一天我不是怀着感恩的心情上床安眠。工作中我总是很幸运，我们众人的在天之父一直保佑我免受邪恶之害，让我荣耀地活到白头。除了天父，我得把一切归功于我那位老师傅，他早已去跟他的祖先团聚，每当想起他时，我都伤心流泪。他出自崇拜上帝之心的更早的时代，天生具有远见卓识，但为人谦卑，保持着童真。矿山靠他兴旺起来，并为波希米亚公爵输送了无数珍宝。整个地区因此人口激增，变得富裕繁荣。所有矿工都崇拜他，把他当作自己的父亲，只要欧拉存在一天，他的名字就会被人们怀着感激之情由衷地称道。按籍贯他是劳齐茨人，名叫维尔讷。我刚到他家时，他唯一的女儿还是个孩子。我的勤奋和忠诚，我对他的依恋，一天天为我博得了他的爱。他让我随他姓，让我做他的儿子。那个小女孩慢慢变得正直而开朗，她的脸白皙又娇嫩，叫人疼爱，一如她的心灵。老人看出她对我怀有好感，我也喜欢逗她开心，老是盯住她的眼睛——那样碧蓝，那样敞亮，像天空又像闪亮的水晶，于是他常对我说：只要我成为一名真正的矿工，他一定把她许配给我；后来他履行了自己的诺言。——就在我当上采矿工的那一天，他把双手放在我俩的头上，祝福我俩结为夫妻，几周之后我把她，把一位新娘领进了我的房间。当天上早班时，我还是见习采矿工，太阳刚刚升起的时候，我挖到一条含量丰富的矿脉。公爵赠给我一条挂着金币的项链，上面刻着他的肖像，并承诺让我接替我岳父的职位。在婚礼上，我把项链挂到新娘的脖子上，众人的目光都注视着它，那时我感到无比幸福。我们的老父亲还见到了几个活泼的孙子，他晚年的矿脉十分丰富，超出了他的期望。他可以高高兴兴地结束自己的工作，脱离尘世的黑暗深井，安安静静地眠息，等待那个伟大的发薪日的来临。”

“先生，”老人转向亨利希，边擦眼泪边说，“采矿得靠上帝赐福！因为同采矿相比，没有哪种技艺能使技师更幸福、更高贵，并且更纯洁地保持一颗天真无邪的心灵，或更能唤醒对上天的智慧和安排的信仰。矿工生来一无所有，他也一无所有地离去。他只满足于知道，在哪里找到金属的王族并让它喜见天光；但是它那炫目的光芒压根不能征服他纯洁的心灵。并不是危险的妄想使他激奋，他那么欣喜，与其说是因为占有它即占有一切，不如说是为它那奇妙的构造、不寻常的起源和居处。它一旦变成商品，对他就失去了吸引力，他宁愿克服重重艰难险阻，去地下的岩层中搜寻它，也不肯随它的召唤进入尘世，在地上以狡诈的骗术来谋取它。那些艰难困苦使他始终保持着一颗清纯的心，一种诚实的品质；他怀着深切的感激，领受他那份微薄的报酬，他怀着永不衰减的生命喜悦，日复一日爬出他那个职业的幽暗的墓穴。只有他深知光明和憩息的魅力，自由的空气和四处观望多么舒心惬意，只有他品尝到饮料和食物多么提神，像主的肉身一样带给他一种虔诚的感觉；心中充满柔情，什么都令他感动，他来到同伴中间，或者亲切拥抱他的妻子和儿女，怀着感激之情，享受同家人亲密交谈这份美好的恩赐！

“在一生的多半时间里，孤独的工作使他难见天日，也不能跟人们交往。可是他并没有养成习惯，对那些深奥的、超凡的事物漠不关心，而是保持着一颗童心，因此在他的眼中万物依然有其最独特的灵性，依然透出自己创世之时多姿多彩的神奇。大自然不愿被谁独占。一旦作为私产，它就会变成一种危险的毒品，教人不得安宁，诱发占有者鲸吞一切的贪欲，随之带来无尽的烦恼和疯狂的激情。于是它暗中毁坏占有者的根基，很快将他埋进崩溃的深渊，以便摆脱一再被转手的命运，逐渐满足归属万民的夙愿。

“与此相反，安于贫穷的矿工在深僻的井下工作得多么平静呀，远离白昼的纷乱喧嚣，他心中只有求知的欲望，他只喜爱和睦的生活。孤独的时候，他深情地想念他的同伴和亲人，一次又一次感觉到人与人亲如同胞，谁也离不开谁。他的职业教会了他刻苦忍耐，不允许他分散注意力，想入非非。他所面对的是一种神奇、强硬、不屈不挠的势力，要想征服它，只能靠顽强的努力和不懈的警惕。然而，即使在这可怕的深井里，也有何等珍奇的植株为他开出花朵，那便是他对天父的真诚信赖，每天每日，天父之手和他的预先关怀，在不容误识的征兆中变得清晰可见。不知有多少次，我坐在井下，借助矿灯的光线无限虔诚地凝视那尊朴素的耶稣受难像！那时候我才真正领悟了神秘雕像的神圣含义，认清了我最崇高的心灵之路，正是它带给我一种永久的收获。”

老人停了片刻又继续讲述：“的确如此，最初是谁教会人采矿这门崇高的技艺，并将这一人生的严肃象征深藏于大山的腹中，此人肯定是个神人。这里的矿脉宽厚松脆，但是含量低，那里的矿脉被岩层挤入一道不起眼的狭缝，可是最崇高的命运恰恰在此降临。它跟别的矿脉混杂起来，直到一条同族的矿脉与它融洽聚合，无限提高了它的价值。它常常在万千矿工眼前裂为万千碎片，可是有耐心的矿工并不为之气馁，他平静地追随它的走向，很快又重新找到它，而且既浑厚又温顺，这时他的辛劳终于得到了报偿。他也经常被一支骗人的细脉引离正确的方向；但是他随即发现这条路不对，然后奋力凿开横向的岩壁，甚至重新找到引向矿藏的真正的矿脉。地下一切变化无常的意外事件，对矿工来说何等熟悉，他也就何等坚信，若要驾驭这些事件，并将其固守的宝藏开采出来，勤奋和坚韧才是唯一可靠的法宝。”

“您肯定会唱很多激昂的歌曲。”亨利希插言，“我的意思是，由于您的职业，您准会情不自禁地放声歌唱，音乐肯定是矿工喜爱的伴侣。”

“您说得很对，”老人回答道，“矿工的生命离不开歌唱，也不能没有齐特尔琴，要说尽情享受其中的乐趣，没有哪个阶层比得上我们。音乐和舞蹈本是矿工的喜乐；它们就像一种欢快的祷告，随之引发的回忆和希望有助于减轻艰辛的劳动，缩短漫长的孤独。

“要是您乐意的话，我现在就可以为您演唱一首歌，这是我年轻时很喜欢的歌谣。

“谁必是大地之主，
谁探测她的深底，

在她怀腹里忘去
每个忧伤悲戚。

谁懂得她的岩层
有何隐秘的构造，
不知疲倦地探寻
她的工场的奥妙。

他与她缘分不浅，
对她情深意长，
被她的火焰点燃，
仿佛当她是新娘。

陶醉于新的爱情
他日日将她打量，
不辞劳苦和艰辛，
为她不停奔忙。

波澜壮阔的历史，
早已消逝的时代，
她都那么熟悉，
替他娓娓叙来。

远古那神圣的风
轻轻拂过他的脸，
一道永恒的光
照亮夜的深渊。

他在条条道路上
窥见熟识的国度，
她也欣喜地迎向
挥镐采掘的情侣。

溪流也随他上山，
欲助一臂之力；
所有藏宝的宫殿
为他把大门开启。

他把无数的金子
送到王宫里面，
又以珍贵的钻石
装点威严的王冠。

虽然他也向国王
伸出幸运的手，
可是他绝无奢望，

始终清贫而满足。

世人为钱财利益
在山下彼此杀戮；
他却永远是山里
快乐的世界之主。”

亨利希非常喜欢这首歌，他请求老人再为他吟唱一首。老人也毫不推辞并说道：“现在我还想起一首美妙的歌，我们也不知道它是从哪里传来的。

“一个漫游的矿工带来了这首歌，他来自很远的地方，是一个用魔杖寻矿的异人。这首歌深受大家喜爱，它听起来那么诡异，简直神秘莫测，一如音乐本身，但正因为如此，它也有一种不可思议的吸引力，像梦一样迷人，哪怕是在清醒的时候。

“我知道哪里有一座坚固的王宫，
宫里住着一位沉默的国王，
身边有一群神奇的随从；
可是他从不登上城墙。
看不见的哨兵守卫着他，
他的寝宫无法窥探；
只有远近闻名的清泉

从五彩房顶潺潺流下。

辽阔的大殿布满星辰，
臣仆们极目仰望奇观，
随后忠实地禀告国君，
无比美妙永远讲不完。
他沐浴在母亲的潮水里，
洗净自己柔嫩的身躯，
她的血液洁白如玉，
浸润着他，通体生辉。

他的宫殿古老而神奇，
是由深海缓缓沉降，
从古至今巍然屹立，
阻止人们逃往天堂。
一条秘密纽带从内心
牢牢连接帝国的战士，
云彩宛如胜利的旗帜
自悬崖峭壁悠悠下沉。

人丁兴旺，庞大的氏族
团团守护禁闭的宫城，
人人甘当忠实的奴仆，

异口同声称颂主人。
全靠他，人们感到幸福，
竟未察觉身受拘限；
陶醉于自己虚幻的心愿，
无人知道命运的悲苦。

只有几个人聪明又清醒，
并不稀罕主人的恩典；
他们早已下定了决心，
尽快埋葬古老的宫殿。
隐秘之魔力亘古强悍，
非智者之手不能祛除；
一旦让深宫原形毕露，
自由的曙光立刻出现。

勇气可下至最深的鸿沟，
勤奋可推倒最坚固的墙；
谁要是信赖心灵和手，
就能大胆地认清国王。
此人将国王驱逐出宫，
又以鬼神将鬼神赶走，
自己主宰凶猛的潮流，
令潮水自行向外奔涌。

国王他越是露出真面，
疯子一样在地上游荡：
他的权利就越发有限，
自由的人数日益增长。
最终大海将挣脱镣铐，
潮水涌过空空的殿堂，
并以柔和的绿色波浪
将我们带回故乡的怀抱。”

老人的歌声结束了，亨利希觉得自己仿佛在什么地方听过这首歌，他请求为他重复一遍，并把歌词记录下来。老人随后离开了房间，商人们接着同其他客人谈起采矿的利益和艰辛。有人说：“老人来这里，肯定不是没有缘故的。他今天已经在山里转了一圈，肯定发现了好兆头。等他再进来时，我们得问问他。”——“你们大概明白，”另一个说，“我们可以请他为本村找一眼泉水？水源离得很远，一眼清泉倒是我们求之不得的。”——“我有个想法，”又有人说道，“我想问他是否愿意把我的儿子带走，这小子给我搬来了满满一房子石头。他肯定能当一名有本事的矿工，老头看起来是个好人，不久就会把他调教成有出息的人。”商人们也开始议论，他们兴许可以通过老人，同波希米亚建立有利的联系，从而以优惠的价格采购金属。这时老人又回到房间，大家都想利用跟他搭成的交情。他开口说道："这狭窄的屋子多窒闷难受呀。外面的月光真是美极了，我很有兴致再去散散步。白天我在附近看见了几个奇怪的岩洞。也许有人还愿意随我前往；只要带上灯盏，我们可以顺顺当当地去洞里瞧瞧。"

村里的人们早已知道这些岩洞，可是至今还没人敢爬进洞去；他们宁可让那些可怕的传说欺骗自己，据说洞中住着巨龙和其他怪兽。有些人自称亲眼看见过它们，还说洞口就有被掠食的人和禽兽的骨头。别的人则猜测洞中藏着幽灵，说自己好几次从远处望见一个奇怪的身影，跟人差不多，夜里还听见歌声从那边传来。

老人好像并不怎么相信他们，他微笑着向他们担保，在一名老矿工的保护下，他们尽管放心大胆地一同前往，因为怪兽一定怕他，而一个歌唱的幽灵必定只做善事。好奇心给了许多人足够的胆量，接受他的建议；就连亨利希也希望跟他一道去，老人也替他求情并保证随时注意他的安全，他母亲终于同意了他的请求。商人们同样下定了决心。人们找来长长的松木，扎成火炬；有人还特地准备了梯子、木杆、绳索和各种防身器械，上山去朝圣终于开始了。老人跟亨利希和商人走在前面。农夫叫来了那个好学的儿子，男孩欣喜地举着一支火把，指引通向洞穴的道路。这是个晴朗温馨的夜晚。月亮挂在群山之上，洒下柔和的清辉，让万物在心中做着神奇的梦。月亮本身就像一个太阳的梦，高悬于暗自沉思的梦幻世界之上，将分割为无数界域的大自然带回那神话般的太古，那时每个胚芽兀自沉睡，如此孤寂，尚未被触动，徒劳地渴望开启自己朦胧、丰盈、不可估量的存在。夜晚的童话映现在亨利希的心中。他觉得世界栖息在他心里，仿佛已豁然敞开，对他就像对一位做客的朋友展示自己的全部宝藏和隐秘的珍品。他觉得周围的现象朴素而又伟大，自己很容易领会。在他看来，大自然之所以如此难懂，只是因为它将那至爱至亲的藏在形形色色、极其铺张的表达中，并将无数的表达堆积在人的周围。老人的话开启了他心中一扇纸糊的暗门。此时他看见他的小房间缓缓移至一座高耸的大教堂近旁，肃穆的远古从教堂的石基向上升起，澄明而欢快的未来则化身为金色的小天使，唱着歌儿从穹顶向远古飘来。震耳的奏鸣与银色的歌声交相应和，一切造物步入那些宽宽的大门，每个造物都以一个简单的请求和一种独特的方言，清晰地道出自己内在的本性。他真的感到很惊讶，这个景象那么清楚，而且是他的存在不可或缺的，但他居然对此一直这样陌生。现在他一下子认清了自己与周围广阔世界的一切关联；他感觉到通过它自己变成了什么，对他而言它将变成什么，懂得了在观照它时常常引发的那一切奇异的想象和刺激。商人讲述的那个青年孜孜不倦地观察自然，还做了国王的女婿，此时又浮现在他的脑海，一生中的许多回忆也自发地衔接起来，被一条神奇的主线所贯穿。当亨利希陷入沉思之时，别人已走近岩洞。洞口不高，老人接过一支火把，爬过几块岩石率先进去。一股阴冷的气流扑面而来，老人向大家担保，尽管放心地跟随他。最胆小的人走在最后，随时准备使用手中的武器。亨利希和商人紧跟在老人后面，那男孩兴致勃勃地走在他身边。开始那条路是一条相当狭窄的通道，但通道很快便引入一个又宽又高的洞窟，火炬也不能把它完全照亮；但可以看见后面有几个洞口隐入岩壁。地面柔软而且相当平坦；洞壁和洞顶也不粗糙，还显得匀称；然而最吸引众人注意力的，是满地的骨头和牙齿，数也数不清。许多保存完好，有些可以看出腐烂的痕迹，还有些零零散散地伸出洞壁，看起来像石头一样。大多数粗壮坚固，非同寻常。看见这些古代的遗物，老人十分兴奋；只有农夫们心里发毛，因为他们把这些看成附近有野兽的明显痕迹，尽管老人颇有说服力地向他们解释，这是很久很久以前古代的遗迹，他又问他们，从前可曾从灶堂的灰烬中，或者从邻居盗墓的赃物中发现过什么，他们是否可以断定这些骨头是熟悉的兽骨或人骨？老人现在想继续朝前走，但农夫们觉得，他们最好退回洞前，在那里等他回来。亨利希、商人们和那个少年留在老人身边，准备好绳子和火把。他们很快来到第二个洞穴，这时老人没有忘记，在进来的通道前用骨头做个记号，以此标明退路。这个洞跟前一个相似，也有许多动物的遗骨。亨利希心中既骇怕又惊喜；他隐隐觉得，自己仿佛正穿过一座幽深的地下宫殿的前厅。天空和生活突然离他十分遥远，这些幽暗宽广的洞厅似乎属于一个罕见的地下王国。他暗自思忖，“这怎么可能呢，在我们脚下竟有一个自成一体的世界，以某种神秘的生命暗中运行？闻所未闻的物种在地底的岩层中形成其本质，那幽暗怀腹里的地火又使其茁壮成长为精神强悍的庞然大物？有朝一日，这些可怕的陌生者会不会被严寒驱赶出来，闪现在我们中间，也许同时天上的来客——有生命、会言语的星宿势力则在我们头顶清晰可见？这些骸骨是庞然大物向地面迁徙的残余，或是逃入地底的遗迹？”

突然，老人召唤众人过来，叫他们看地上有人的足迹，还相当清楚。他们没能找到更多的脚印，因此老人坚信，不必害怕碰上猛兽，可以顺着脚印走。他们正准备朝前走，这时突然传来一阵相当清晰的歌声，好像来自脚下很远的深处。他们颇为吃惊，但还是仔细倾听：

我喜欢在山谷盘留，
在夜里暗自欢欣，
因为溢满爱情的美酒
我可以日日畅饮。

爱情神圣的琼浆
令我的灵魂飞升，
我还活着，却欣喜若狂，
我敲响天堂的大门。

沉浸于梦中的福乐，
再没有痛苦惊魂。
哦！女性之王赐予我
她那颗忠贞的心。

流泪的岁月已照亮
这个粗钝的陶器，
上面已镌刻一幅画像，
陶器便永不破碎。

那一串漫长的日子，
仿佛转瞬即逝；
如果有一天离开这里，
我回望并充满感激。

大家都很惊讶，心里却舒坦极了，人人都急欲找到歌手。

经过一阵搜索，他们在右边的墙角发现了一条朝下的通道，好像脚印由此延伸进去。不一会他们觉察到一道光亮，越往前走光线越强。又一个岩洞展现在眼前，比前面两个都宽敞，在洞子后面，他们看见一个人影坐在灯旁，身边的石板上摊开一部大书，他好像正在阅读。

人影侧身转向他们，站起来并迎向他们。这是个男人，看不出多大年纪。他看上去既不显老也不年轻，除了在前额分开的光滑的银发，他身上找不出任何时光的痕迹。从他的目光中流露出一种难以形容的喜悦，仿佛他正从一座明媚的山冈饱览无尽的春色。他脚上绑着草鞋，好像没穿别的衣裳，只裹着一袭宽松的袍子，益发衬托出高挑俊逸的身姿。对这群不速之客他似乎毫不诧异，而是像熟人一样向他们问好，如同在自己家里迎接等候的客人。“你们来看我真是太好了，”他言道，“我已经在这里住了很久，你们却是我接待的第一批朋友。看来你们正想仔细瞧瞧我们这座宽敞而美妙的宅邸。”老人答道：“我们没有料到在此遇上一位如此友好的主人。我们只听说这里有野兽和鬼怪，现在却惊喜地发现自己受骗了。如果我们打扰了您的虔修和玄思，那么请您原谅我们的好奇。”——“玄思是迷人，”陌生者说，“但怎能比得上更令我们惬意的人面？不要因为你们在这荒僻的地方碰到我，就把我当作厌世者。我并没有逃避人世，只是找了个僻静之地，可以不受干扰地沉湎于我的思辨。”——“您从未对您的决定感到后悔吗？是否偶尔也有这种时候，您觉得害怕，心里渴望听到人的声音？”——“现在不再这样了。我年轻时有段时间，某种狂热的幻想促使我隐居。朦胧的预感让我总是沉湎于青春的遐想。我希望在孤独中找到心灵的充足滋养。我觉得我内在生命的源泉永不枯竭。但是我很快觉察，必须把丰富的经验同时携往该处，一颗年轻的心不能孤单，是的，只有通过与自己的族类大量交往，人才能达到某种自立。”

“我个人以为，”老人插言道，“生命的每个阶段都有某种自然使命，随着年龄的增长，人有了经验，也许就会自发退出人际交往。看来社交似乎被事业所取代，这样既可谋利，也可安身。巨大的希望和共同的目标强有力地推动着事业；儿童和老人大概与此无关。无助及无知将儿童排除在外，老人则发现那种希望已经实现，那个目标已经达到，因此他们如今不再被卷入社交圈子，而是回归自身，满足于庄严地为一种更高的联盟做准备。然而，像您这样离群索居，完全放弃了社交的种种好处，大概还有特殊的原因。我想您一定常常难以聚精会神，这时您心里肯定很难受。”

“对此我感触颇深，但幸运的是，我倒善于通过严格的生活规律来避免这种情况。同时我还尝试靠运动保持健康，这样就不会出问题了。我每天漫步几个小时，尽可能地享受白日和新鲜空气。平常我待在这些洞子里，每天还定时编编篮子，搞搞雕刻。我用这些东西在偏僻的村镇换取生活用品，我自己带有书籍，时光就这样一晃过去了。那些村落里我有几个熟人，他们知道我的住处，我从他们那里获悉世间发生了什么。如果我死去，他们会埋葬我并取走我的书籍。”

他领着众人走近紧靠洞壁的座位。他们看见地上放着许多书，还有一把齐特尔琴，墙上挂着整副甲胄，似乎相当珍贵。桌子是由五块大石板拼成的，好像一个柜子。最上层躺着一男一女两尊雕塑，真人一般大，手持一个用百合与玫瑰编扎的花环；两旁刻有文字：

弗里德里希和玛丽·封·霍恩措伦

在此处返归故乡

隐士询问客人的故乡在哪里，以及怎么来到此地。他十分热情坦率，而且表现出对世界非常熟悉。老人这时说道："我从这副甲胄看出您曾经是名武士。"——"战场上殊死拼杀，变幻莫测，崇高的诗魂萦绕着一支征战的大军，这一切使我摆脱了青春的孤独，决定了我一生的命运。长年的鏖战，亲身经历的无数事件，大概加深了我对孤独的感悟：数不清的回忆恰是一种消遣的交际，而且我们越是以变换的角度去审视往事，这种回忆便越发耐人寻味，因为我们的目光现在才发现它们的真实的关联，环环相扣的玄机以及纷纭的现象的意蕴。对人类历史的真正感悟则是后来才渐渐形成的，主要归功于潜移默化的回忆，而非咄咄逼人的现实印象。新近发生的事件只呈现出松散的联系，反倒同越是久远的事件契合越神奇；除非能纵观一个漫长的系列，既不一事不漏地全盘接受，也不以蓄意的梦想扰乱本来的秩序，人们才会发觉过去与未来的隐秘衔接，学会以希望和回忆构建历史，然而，只有悟出太古即当下之人，才可望发现简单的历史规则。我们只能得出繁冗而不完整的公式，只要为我们自己找到一项适用准则，对我们短暂的生命有足够启发，我们就可以满足了。也许我可以说，对人生命运的每次沉思都给人一种深切而无尽的享受，在一切思考中，它最能使我们超脱尘世的悲苦。少年读史，不过出于好奇，如读一篇愉悦的童话；及至比较成熟，历史才成了一位美妙的女友，给人慰藉，令人感化，以智慧而温柔的絮语让人预备，好踏上一次更高更丰富的旅程，以明白的譬喻教人熟悉那陌生的世界。教堂乃是历史的家园，那静静的庭院是其象征性的花园。历史只该由敬畏上帝的老人来撰写，他们自己的历史已经结束，现在除了移植到这座花园之中，他们不再有任何希望。他们的记述不会是阴郁晦暗的；反倒有一道来自穹顶的光，在最精微最美妙的感悟中照亮一切，圣灵将飘荡于这片异样涌动的渊面之上。”

“您的话多么真实明白啊，”老人插言道，“人们确实应当加倍努力，把自己一生中值得了解的事情忠实地记录下来，并把它作为一份虔诚的遗嘱留给后人。我们为许多更疏远的事物牵肠挂肚，付出了辛劳，但恰恰对最亲近和最紧要的，对自己生活的、自己亲人的和自己族类的命运——其微弱的轨迹，我们已凭某种天命观有所察觉——我们却极少关注，反而毫不在乎地让一切痕迹消失在我们的记忆中。更智慧的后代将搜寻涉及过去的事件的每个讯息，一如搜寻圣物，在他们看来，哪怕是一个微不足道的人，他的生命也不是无所谓的，因为从中肯定或多或少地反映了他那代人的大生命。”

“这确实很糟糕，”封·霍恩措伦伯爵接过话头，“甚至那几个人，本该由他们记载这个风云变幻的时代，也不曾把心思花在自己的工作上，他们并没有想方设法，使自己的观察完整而有序，而是随随便便地收集和选择重大事变的消息。根据自己的经验，每个人都很容易明白，他只能清楚而完整地描述自己真正了解的事件，对于事件的细节、缘由和结果、目的和效用，他是记忆犹新，否则最后完成的不是记述，而只是一些不完整的评述的杂乱堆砌。若是让一个孩子描述一台机器，或者让一个农夫描述一艘轮船，肯定没有谁能从他们的言辞中了解情况，或有所收获，大多数历史写手便与此相似，他们的叙述也许相当详尽，甚至繁琐得令人生厌，但恰恰漏掉了亟须了解的，即那些关键之处，正是它们使历史成其为历史，把某些偶然事件黏合为一个相当妥帖且富有启发的整体。当我认真思考这一切时，我觉得撰写历史的人似乎也必须是诗人，因为大概只有诗人才擅长这门技艺，将诸多事件巧妙地糅合起来。他们对神秘的生命之魂有一种敏感，在他们的小说和寓言中，我对此有所感觉，心里暗自惊喜。他们的童话包含了更多的真理，胜过渊博的编年史。即使他们笔下的人物及其命运是虚构的，但虚构之中的意义是真实和自然的。我们从这些人物的命运中探求自己的命运，至于他们是否真实地生活过，对我们萌发欣赏之情并获取教益大概没有什么妨碍。我们只渴望窥见时代人物那颗伟大而单纯的心灵，要是满足了这个愿望，我们用不着太操心他们那副躯壳的偶然存在。”

“对于诗人，”老人说，“我也因此而素有好感。通过他们，生活和世界在我眼中变得更清晰、更生动了。我在想，他们一定跟敏锐的光明天使亲如朋友，这些天使穿透一切生灵并将其归类，给每一个罩上一袭与之相宜的、色彩柔和的披纱。听到诗人的歌声，我感觉自己这个人轻松地放开了，仿佛现在可以更自由地活动，兴致勃勃地去交游和恋爱，任无声的情欲驱使自己手舞足蹈，引发许许多多美妙的感受。”

“您可有幸在您的住地认识几位诗人？”隐士问道。

“偶尔有几位诗人来到我们家乡：可是他们好像喜欢漫游，所以通常逗留的时间不长。我旅行去过伊利里亚、萨克森和瑞典，有时也遇到诗人，一想起他们，我总是很愉快。”

“看来您去过不少地方，也一定经历过许多值得怀念的事情。”

“干上这一行，我们就不得不东奔西跑，四处探望，像地火赶着矿工转来转去。一座山派遣我们去另一座山。我们永远看个没完，得花一生的时间去学习这门奇妙的建筑艺术，它专门给大地奠基，在地下装满护墙板，真是稀奇。我们的手艺十分古老，而且广泛流传。它大概源自东方，像我们的种族一样随太阳传到西方，并且是从中部传向两极。每到一个地方，它都得克服不同的困难。因为需求不断刺激人的智能，以取得巧妙的发明，所以矿工处处皆可增长见识和技巧，靠实用的经验让自己的家乡变得富裕起来。”

“你们几乎算得上是星占学家，只是方向相反，”隐士又说道，“他们目不转睛地观察天空，遨游于无穷无尽的宇宙；而你们则把目光转向大地，探索地下的构造。他们研究天体的引力和影响，你们则探测岩石和山体的作用力，以及地层和岩层的各种受力情况。天空是他们的未来之书，大地却向你们展示了史前世界的古迹。”

“这种关联并非没有意义，”老人微笑着说，“在神奇的建造大地那段古老的历史中，光辉的先知也许扮演了主角。随着时间的推移，人们或可尝试从他们的杰作更好地认识并解释他们，反之亦然。也许连绵不断的大山脉显露出他们从前的街道的痕迹，他们曾经期望靠自己的手养活自己，走自己的天空之路。有些山峰毅然拔地而起，好同样变为星辰，为此它们现在必须脱掉低地的那一身美丽的绿衣。结果它们却一无所获，除了能帮助它们的祖宗翻云播雨，并充当低地的先知，时而保护时而用暴雨淹没它。”

“自从我住进这个洞穴，”隐士又接着讲，“我开始对古代多加思考。难以形容这种沉思是多么诱人，我可以想象，一个农夫对他的农具也一定怀有深情。当我望着这里遍地罕见的古代骨骼；当我遥想野蛮的时代，这些奇形怪状的庞然大物也许受恐惧的驱使，一群一群地挤进这些山洞并在此等死；当我随后再攀上较晚的时代，这些洞穴已连成一片，巨大的洪水淹没了陆地，我觉得自己恍若一个未来之梦，一个永久和平的孩子。同这些暴烈的巨兽时代相比，今天的自然界多么温和宁静，多么柔顺清平呀！最可怕的风暴，最骇人的地震，今天不过是那些极其恐怖的阵痛的微弱回声。当时的植物界和动物界，甚至当时的人类本身——倘若在这些汪洋大海的一些孤岛上已有人类——也许有着另一种更坚固、更粗壮的构造，至少关于巨兽族的古老传说不会是凭空杜撰的。”

“发觉自然界渐渐趋于平静，”老人说，“是一件可喜的事。一种越来越真诚的认可，一个更加和平的共同体，一种相互的支援和促进好像逐渐形成了，我们可以期待愈加美好的时代。时不时还有陈年的糜子发酵，还有些剧烈的震荡发生，这也许是可能的；然而，人们毕竟看到了为自由和睦的宪政而作出的极大努力，在这种精神的引导下，任何震荡都将过去，并且将人们引近那个伟大的目标。这倒是不无可能，大自然不再这样可怕，今天不再生成金属和宝石、岩石和山峰，植物和动物不再狂长，造成这样惊人的块头和力量；大自然的繁衍力越是耗竭，它用于构建、改良和凝聚的力量就越是增长，它的性情会更敏感更温柔，它的想象更丰富、寓意更深，它的手也变得更轻柔，更显出艺术的美。自然慢慢趋近于人，如果从前它是块滋生蛮荒的岩石，那它现在却是一株静静发芽的植物，一个默默的、酷似人的艺术家。为此大概也有必要把那些宝藏多多地开采出来，它们本来无限丰富，足够千秋万代享用。我这次巡游的空间何其狭小，可是我一眼就发现了多么丰富的贮藏，它将留给后世开发。这些向北延伸的山脉埋藏着多少财富；没有一个地方，我不曾发现极其诱人的富矿的迹象，在我的祖国，在匈牙利，喀尔巴阡山麓，还有蒂罗尔、奥地利和巴伐利亚的山谷里。要是我能把只需我捡起或敲落的宝贝玩艺带走，大概我已经成了富人。在有些地方，我恍若置身于魔宫。我所看见的景物是由珍贵的金属构成，而且造型极其优美。白银好似卷曲的秀发和树枝，上面挂着晶莹剔透的果实，彤红若宝石，实沉的小树长在水晶座子上，这座子十分精致，难以模仿。到了这些神奇的地方，人们几乎不敢相信自己的感官，眼前的奇景如真似幻，令人流连忘返，瑰丽的珍宝赏心悦目。这次旅途中我也见到了许多奇观，当然在别的国度，大地一定也同样丰饶，同样奢华。”

“这毫无疑问，”陌生人说道，“只要想一想东方地底下埋着的宝藏，遥远的印度、非洲和西班牙，不是早在古代就以其地下财富闻名于世吗？当然作为一名武士，我不会仔细注意大山的脉络和裂缝，可是偶尔我也想到过这些火光闪耀的地带，它们好比是奇异的蓓蕾，预兆着难以预料的花朵和果实。当我路过这些昏暗的矿井，为自己能见到天光而庆幸时，我哪里想到我会在大山的怀腹里结束自己的生命。爱情驮负着我骄傲地越过大地，我也希望晚年可以在爱情的怀抱中渐渐入睡。战争结束了，我踏上回家之路，对一个凉爽的秋天怀着快乐的期待。况且战争之神似乎也是我的幸福之神。我的玛丽在东方替我生了两个孩子。他俩是我们生命的欢乐。海上的航程和东方的寒风摧折了娇嫩的花朵。抵达欧洲几天之后，我埋葬了他们。我悲痛欲绝，把无法安慰的妻子带回我的家乡。大概是独自伤悲的缘故，她的生命变得很脆弱。

随后我不得不外出旅行，她像往常一样陪伴着我，就在这次旅途中，她突然去世，静静地死在我的怀里。正是在这里，我们的尘世之旅已临近终点。此时此刻，我的决心已定。我找到了自己从未指望的东西；一种神性的感悟突然浸入我心中，从我亲手把她埋葬在这里的那一天起，一只神灵的手拂去了心中的一切痛苦。后来我请人立了这块墓碑。常常当一件事情才真正开始时，它似乎又要结束了，我一生的经历就是这样。愿上帝让你们大家乐享天年，赐予你们像我这样平静的心情。”

亨利希和商人们一直专心聆听这场对话，亨利希尤其觉得，自己充满预感的内心又有了新的发展。有些话语、有些思想像孕育生命的花粉一样沉入他心田，促使他迅速脱离少年的狭隘圈子，上升到世界的高度。刚刚过去的几个时辰已留在身后像一段漫长的岁月，他相信自己绝没有想到别的什么，也没有别的感受。

隐士让大家看他的书籍，全是一些古代历史和诗歌。亨利希翻了翻有漂亮插图的大本古书，简短的诗行，标题，零散的段落，还不时出现一些简洁的绘画，像文辞的图解，有助于读者发挥想象力，这些都强烈地激发了他的好奇心。隐士觉察到他内心的兴趣，便向他解释那些奇特的图像。画面上展示了五花八门的生活场景。战争、葬礼、婚庆、海难、洞窟和宫殿；国王、英雄、教士、老人和少年、身穿奇装异服的人们，以及珍禽异兽以不同的组合交替出现。亨利希怎么也看不够，心里只想留在这位有着不可抗拒的吸引力的隐士身边，好听他讲解这些古籍。这时老人询问，是否还有别的洞穴，隐士告诉他，附近还有几个很大的山洞，自己愿意陪他去。老人乐意前往，隐士发现亨利希很喜爱他的书籍，便让他留下来，待他们离开后继续浏览。亨利希高高兴兴地待在那里，衷心感谢他的恩准。他怀着无穷的乐趣东翻西瞧。终于他找到了一本书，是用外文写的，他觉得有些像拉丁文和意大利文。他急欲认识这种文字，因为他特别喜欢这本书，虽然里面的词语他一个也不懂。此书没有书名，但是翻阅的时候他已经发现几幅图画。他觉得画面非常眼熟，便仔细打量，发现自己的形象也夹在画上的人物里面，而且很好辨认。他大吃一惊，以为自己在做梦，可是经过反复审视，他不能再怀疑确实酷肖自己。接着他又在另一幅画上发现了这个洞穴、隐士和自己身边的老人，他几乎不敢相信自己的眼睛。他一页一页翻下去，在其他画面上找到了那个东方女郎、他的父母、图林根的侯爵夫妇、他的朋友宫廷神甫以及其他熟人；可是他们的服装都变了，看起来属于另一个时代。还有许多人物他叫不出姓名，但是觉得眼熟。他看见与他酷似的那个人出现在不同的场合。最后几页，他发觉自己显得更伟大、更高贵。吉他躺在他怀里，女侯爵递给他一个花环。他看见自己时而在皇帝的宫廷里，时而在游艇上，时而与一个美丽苗条的姑娘亲密拥抱，时而同一副蛮相的汉子激烈搏斗，时而与撒拉逊人和摩尔人亲密交谈。有一个威严肃穆的男人常常出现在他的交际场合。对这个崇高的形象他深怀敬畏，所以，当他看见自己同他手挽手时，他很开心。最后几幅画模糊难解；可是有几个他梦中的人物让他既惊奇，又深心喜悦；这本书似乎没有结尾。亨利希心里很难过，此时他最渴望的，便是读完这本书并完整地拥有它。他一遍又一遍地观看插图，当他听见众人回来时，他有些惊慌，心中涌起一种奇妙的羞涩感。他不敢让别人觉察他的发现，便把书合上，只随便问了问隐士，书名叫什么，是哪种语言，于是他获悉此书是用普罗旺斯语写的。“很久以前我读过它，”隐士说，“我已记不清楚内容了。我只记得这是一部小说，涉及一个诗人的传奇命运，书中描述并鉴赏了诗艺及其诸多窍门。这部手稿没有结尾，我是在耶路撒冷一个朋友的遗物中发现它的，我把它带回这里并保存起来，以留作纪念。”

他们现在互相道别，亨利希感动得流下眼泪。在他的心中，这个洞穴颇值得怀念，这个隐士也如此可亲可爱。

大家深情地拥抱隐士，他好像也喜欢上了他们。亨利希发觉，他正以一种亲切的、穿透的目光望着自己。隐士给他的告别语也意味深长。他似乎知道亨利希发现了什么，并在言辞中隐隐提及。他把众人送到洞口，而在此之前，他请求大家特别是那个男孩，千万不要向附近的农民提到他，否则他会时常受到他们的打扰。

众人都作了保证。他们向他告别并请他为大家祝福，于是他讲道："总有一天我们还会相逢，那时想起今天的谈话一定很开心。我们将置身于天国的白昼之中，并为此而感到喜悦：我们曾经在这些考验自己的山谷里互相亲切致意，而且怀着同样的信念和预感。它们是在此平安陪伴我们的天使。只要你们的目光牢牢地盯住天堂，你们就永远不会迷失那通向你们故乡的道路。"——他们在沉思中默默地离去，很快找到了胆怯的同伴，一路上七嘴八舌，不久就回到了村庄。亨利希的母亲一直很担心，这时她万分欢喜地迎接他们。

第六章

有些人生来就是经商和做工的，他们自己不能尽早地观照万物并使之充满活力。他们必须处处张罗，经历许多事情，让自己的情感受些磨炼，以免被一种新的环境所影响，被丰富多彩的事物分心，他们必须习惯于在纷纭的重大事件之中抓紧自己的目标之线，并巧妙地将其穿引过去。他们不准接受某种沉思所发出的邀请。他们的灵魂不得是反躬自省的看客，而必须毫不松懈地关注外界，为理智充当奴仆，勤勤恳恳并迅速抉择。他们是一些英雄，被亟需处理和解决的难题团团围住。一切偶然事件均在他们的影响下化为历史，他们的生命就是一连串奇特而显赫、复杂而罕见的事件。

这确实有别于那些平静的、默默无闻的人，对他们而言，世界即心灵，行为即观照，生命即悄悄培植内心的力量。没有任何不安驱使他们转向外部。一种默默的拥有已经使他们满足，身外那一台无穷无尽的大戏并不诱使他们亲自登台演出，而是看起来已足够精彩，足够神奇，他们尽可以抽闲观赏并回味。然而，对这台大戏之精神的渴慕使他们止于远观，正是这种精神决定了他们在人世间所扮演的神秘的心灵角色，而那些人则不过充当人类世界的外部肢体、感官和衰竭的力量。

形形色色的重大事件只会扰乱他们。单纯的生活乃是他们的命运，他们只须从传说和经典中熟悉世界的丰富内涵和无数现象。在他们的一生中，只许偶尔有一桩突发事件将他们在一段时间卷入它那湍急的漩涡，以使他们通过一些经验，更加准确地了解那些行动者的处境和特性。与此相反，身边的细微现象却吸引着他们敏锐的感觉并备受关注，它们为此感觉呈现出那个伟大的世界，而且使之再度焕发出青春；对此世界的本质和作用，如果他们没有在自身之中取得最惊人的发现，那么他们将寸步难行。正是诗人——这些稀罕的流浪者，有时漫游穿过我们的住地，他们每到一处，便为人类及其最初的诸神古老而可敬的工作，也为星辰、春天、爱情、幸福、富饶、健康和喜乐等等的同一事业，不断注入新的活力；他们已在此享有天堂的宁静，不曾被愚昧的欲望四处驱赶，只呼吸大地上果实的芬芳，却从不吞食果实，因此不会被囚于冥界而永世不得解脱。他们乃是自由的客人，金色的双脚只悄悄出现，一旦他们莅临，人人心中不由得张开了翅膀。一个诗人就像是一个仁慈的国王，可以凭快乐开朗的面容认出来，唯独他有权享有智者之名。如果拿诗人跟英雄相比，人们会发现，诗人的歌唱常在年轻的心中激起雄心壮志，但英雄业绩大概从未使诗的精神渗透一颗全新的心灵。

亨利希天生就是块做诗人的料。无数偶然事件恰恰集于他一身，好像就是为了塑造他，他活泼的心灵尚未受到任何束缚。他所见所闻的一切，好像只是为了推开他心中的一道道门栓，替他开启新的窗口。他发现世界展露在眼前，不断变化的宏大场景清晰可见。不过这世界还沉寂无声，它的灵魂即对话尚未醒来。一位诗人已经临近，挽着一个柔美的姑娘，好以母语的音韵和娇嫩甜美的嘴的亲吻，打开那羞怯的双唇，将简单的和弦展开为无限的旋律。

旅行终于结束了。傍晚时分，我们的旅客平安而愉快地抵达奥格斯堡这座举世闻名的城市，大家满怀期待，骑马穿过深深的街巷，前往老施瓦宁那座颇有名望的府邸。亨利希觉得这地方很迷人。热闹繁忙的都市和高大的石头建筑让它感到新奇又惬意。他对自己未来的住地十分满意。他母亲也很开心，经过漫长而艰辛的旅行，她终于回到了自己可爱的故乡，很快又可以拥抱她的父亲和从前的熟人，把亨利希引见给他们，愉快地回忆年轻时的往事，并轻松地忘掉操持家务的一切烦恼。商人们则希望在这里好好玩一玩，以补偿一路上的劳累，再做几笔有利可图的生意。

他们看见老施瓦宁的房子灯火通明，一支欢快的乐曲迎向他们。“如此看来，”商人说，“您的外祖父正在举办盛大的晚会，我们恰好赶上。不速之客一定令他万分惊喜。他大概做梦也没有想到，真正的喜庆现在才开始。”亨利希有些不好意思，而他的母亲只担心自己衣着不整。他们下了马，商人们留在驮马身边，亨利希和母亲走进华丽的楼房。底楼看不见一个仆人。他俩只好爬上宽宽的旋转楼梯。几个仆人从旁边跑过，他俩请求通报老施瓦宁，说有几个生客到来，想见他一面。仆人起初有些为难，因为来客看起来不太雅观；但他们还是报告了主人。老施瓦宁走了出来。他并未立刻认出来者，而是询问他们的姓名及有何贵干。亨利希的母亲哭出声来，一下子扑进他的怀中。“您竟认不出您的女儿吗？”她边哭边叫道，“我把我的儿子给您带来了。”老父亲无比激动，将她久久抱在怀里；亨利希跪下一只腿，亲切地吻着老人的手。老人扶他起来，把母子俩搂在怀里。“快来人呀，”施瓦宁喊道，“我这儿有真正的亲朋好友，他们要与我尽情同欢。”亨利希的母亲显得有些疑惑，可是她没有时间考虑。父亲把二人领进宽敞明亮的大厅。“这是我的女儿和我的外孙，来自埃森纳赫。”施瓦宁冲着欢声笑语、衣装华丽的人群嚷道。众人的目光一起转向大门；大家跑过来，音乐停息了，两位来客眼花缭乱，不知所措，满身尘土地站在色彩绚丽的人群中。一阵阵欢呼声此起彼伏。过去的熟人紧紧地围住了母亲。太多太多的问题需要回答。每个人都必须最先被认出并给以问候。年长的宾客与母亲寒暄，年轻人则把注意力集中在陌生的小伙子身上，可是他垂下目光，无心再看那些不认识的面孔。外祖父把众人介绍给他，并询问他父亲的情况和旅途是否顺利。

母亲这时想起了楼下的商人，他们出于好意跟马匹待在一起。她告诉了父亲，老人立即叫人下去，请他们到楼上来。牲口被牵进了马厩，商人们出现在大厅。施瓦宁衷心感谢他们一路上友好地陪伴他女儿。他们跟在场的许多人本来相识，便亲切地互相问候。母亲表示她想先换身衣服。施瓦宁带她去他的房间，亨利希也一道去更衣。

聚会者中有位男士引起了亨利希的注意，他确信在那本书中常常看见此人跟自己在一起。高贵的仪表使他显得与众不同。他脸上透出一种庄重而又明朗的气质，饱满的天庭轮廓优美，一双黑色的大眼睛，坚毅敏锐的目光，嘴角挂着一丝狡黠的微笑，五官匀称但颇有男人气，总之他看起来风神俊朗，富有魅力。他还有一副魁梧的身躯，举止沉稳而富有表现力，站在哪里都给人一种岿然如山的感觉。亨利希向外祖父打听他是谁。“我很高兴，”老人说，“你一下就注意到他。那是一个了不起的朋友，克林索尔，一位诗人。同他相识并相交，你可以比结交皇帝更自豪。可是你心里有何感觉呢？他还有个美丽的女儿；也许在你看来，女儿倒使父亲相形见绌。要是你还没见到她，会令我感到诧异。”亨利希顿时脸红了。“我有点心不在焉，亲爱的外公。聚会的人太多，我只打量着您那位朋友。”——“看得出你来自北方，”施瓦宁说道，“在这儿我们很快会让你解冻放开。你要尽快学会打量漂亮的姑娘。”

他们穿戴完毕，又回到大厅，这时晚餐已经准备好了。老施瓦宁把亨利希带到克林索尔跟前并对他说，亨利希一眼就注意到了他，而且非常渴望同他相识。

亨利希有些腼腆。克林索尔十分友好，同他谈起他的祖国和这趟旅行。他的声音听起来很亲切，于是亨利希很快定下心来，无拘无束地同他聊了起来。过了一会儿施瓦宁又回到他们身边，还带来了美丽的玛蒂尔德。“请您好好关照我这个害羞的外孙，您不要介意，他先见到您的父亲而不是您。您的闪耀的目光一定会唤醒他身上沉睡的青春。在他的祖国春天来得迟些。”

亨利希和玛蒂尔德羞红了脸。两人惊奇地互相凝望。她轻轻地问他，声音几乎听不清楚：是否喜欢跳舞。他刚说出喜欢，一支欢快的舞曲正好开始。他默默地把手伸向她；她也向他伸出手来，他俩插入一对对华尔兹舞伴的行列。施瓦宁和克林索尔在一旁观看。母亲和商人们欣赏着亨利希灵巧的舞姿和他漂亮的舞伴。母亲同自己年轻时的女友总有说不完的话，她们都祝她幸福，因为她养了一个如此文雅、前途无量的儿子。克林索尔对施瓦宁说道："您的外孙有一张吸引人的脸孔，由此可以窥见一颗澄明而宽广的心灵，他的言语深深发自肺腑。"——"我希望，"施瓦宁答道，"他会成为您的好学的弟子。我觉得他天生要做诗人。您的气质一定能令他倾倒。他很像他父亲，只是看起来并不那么冲动和固执。他父亲年轻的时候是个乐天派，但缺少一点自由思想。本来他可以有更大的出息，而不是只做个勤奋娴熟的手艺人。"——亨利希期望这支舞曲永不结束。他满心欢喜，目光停留在舞伴的玫瑰花环上。她的目光多么纯洁，并不回避他。她好像有她父亲的气质，藏在最迷人的外表里面。那双宁静的大眼睛默默道出永恒的青春。蔚蓝色的底子衬托出褐色双星的柔和光泽。双星上下是轮廓纤秀的前额和鼻梁。她的脸宛如一朵向着朝阳微微垂下的百合花，蓝色的血脉呈现出美丽的曲线，从细长白皙的脖颈蜿蜒伸向娇嫩的双颊。她的嗓音仿佛是遥远的回声，一头褐色的鬈发飘起来更显出轻盈的身姿。

杯盘碗盏已经摆好，舞会结束了。成年人坐在一边，青年们占据了另一边。

亨利希留在玛蒂尔德身旁。一个年轻的女亲戚坐到他左边，克林索尔在他的正对面。玛蒂尔德很少讲话，另一边的薇罗妮卡却一直没停嘴。她一下子就跟他熟识了，并很快让他认识了在座的每一个人。亨利希听到了好些话。他的心思还在他的舞伴身上，他老是想把头转向右边。克林索尔打断了他们的闲聊。他发现亨利希的燕尾服上系了一条带子，上面绣着奇特的符号，便询问这是什么。于是亨利希十分动情地讲述了那个东方女郎的故事。玛蒂尔德哭了起来，亨利希这时也不禁热泪盈眶。他俩就此展开了交谈。大家都加入了谈话；薇罗妮卡在一旁笑出声来，还跟他俩开玩笑。玛蒂尔德向他谈起匈牙利，她父亲常去那里，还讲到奥格斯堡的生活情况。大家听得很愉快。音乐驱散了沉闷的气氛，激起了大家做一个快乐游戏的兴致。桌上的花篮五彩缤纷，芳香迷人，葡萄酒在碗盏与鲜花之间传来传去，振动着它那金色的羽翼，并筑起一道将世界隔离于宾客之外的彩墙。亨利希现在才明白何为欢宴。仿佛成千上万欣喜的精灵正围着酒席翩翩起舞，悄悄与人们同庆共欢，让自己沉醉于他们的尽情享受。生命的享乐恍若一棵树立在他眼前，有动听的音韵，上面挂满了金色的果实。可是看不见什么灾难，据说人类的喜好曾经由这棵树转向它危险的知识之果实，再转向战争之树，他以为这是不可能的。现在他对葡萄酒和食物有了领悟。他觉得它们非常甜美。某种天国之油给它们增添了滋味，尘世的生命从这只杯盏中放射出美妙的光芒。这时几个姑娘给老施瓦宁送来了一个芬芳的花环。他戴上花环，一一亲吻她们并说道："你们还得送一个给我们的朋友克林索尔，为了表示感谢，我俩要教你们几首新歌。我的歌现在就可以听到。"他向乐队挥了挥手，随即放声高歌：

我们不是受苦的生灵？
不是命运堪忧？
只是被驱使，只有艰辛，
习惯于逆来顺受，
就连我们的悲诉
也不敢发自肺腑。

父母的一切教导和劝说
拂逆多情的胸怀。
我们渴望偷食禁果，
却饱尝渴望的悲哀；

只想把俊美的少年
紧紧地抱在胸前。

难道怀春也算是罪过？
思恋用不着忏悔。
可怜的少女还拥有什么，
除了甜蜜的相思？
纵然将美梦驱逐，
梦儿又怎肯离去？

即使我们在夜晚祷告，
孤独仍死死纠缠，
为他销魂，愿为他效劳，
我们辗转难眠。
我们怎么能抗拒
将一切为他付出？

严厉的母亲施予家教，
让魅力深藏不露。
啊！良好的意愿有何功效，
魅力必自发涌出。
情爱震颤于心底，
防范皆枉费心机。

每种倾慕禁锢于心灵，
像石头一样冰凉，
从不理会传情的眼神，
勤劳并独守闺房，
不接受任何邀请：
莫非这也叫青春？

女儿的悲苦深似海洋，
女儿心伤痕累累，
暗自嗟叹有何报偿？
亲吻她，是枯萎的嘴。
命运只一再重复，
老人国永不结束？

老人和年轻人发出了笑声。姑娘们羞红了脸，也低头微笑。在一片戏谑声中取来了第二个花环，给克林索尔戴在头上。她们非常恳切地请求，别再唱这样轻浮的歌。“好吧，”克林索尔说，“我会尽量避免如此亵渎地道出你们的秘密。你们自己说，想听一首什么样的歌。”——“只要与爱情无关，”姑娘们嚷道，“唱首祝酒歌吧，要是您觉得合适的话。”克林索尔开口唱道：

此神诞生于翠绿的山冈，
他给我们带来了天堂。
太阳替自己选中了他，
赐予他火焰，让他放光。

情欲萌动，春天孕育他，
娇嫩的幼芽悄悄长大，
待到秋日果实绽裂，
黄金孩儿也悠然坠下。

他被放进狭窄的摇篮，
放进地下的岩层之间。
他日夜梦想凯旋的节日，
为自己建起薄薄的宫殿。

没有谁靠近他的小屋，
他难以忍耐，挣扎搏斗，
用青春的活力去冲破
一切桎梏和一切束缚。

当他依然沉浸于梦幻，
看不见的卫兵戒备森严；

谁敢跨过神圣的门槛，
尖锐的长矛定将他戳穿。

好似羽翼静静的舒展，
明亮的眼睛可将他窥见，
他任凭祭司主宰命运，
他们祈求，他应声出现。

他步出摇篮，幽暗的怀腹，
他的衣衫晶莹剔透；
手上捧着圆满的玫瑰，
此花象征隐秘的和睦。

他的追随者无比欢喜，
处处都同他聚在一起；
千万张嘴发出欢呼，
向他表示热爱和感激。

他浑身闪亮，光芒四射，
将灵性生命注入世界，
爱情也饮尽他的杯盏，
与他定下永恒的盟约。

他便是黄金时代之魂，
自古以来眷顾诗人，
诗人总是以沉醉的歌谣
赞美他，多么讨人欢心。

为这份忠诚，他恩准诗人
挨个儿亲吻每瓣红唇，
谁也不许拒不从命，
此神令诗人晓谕众生。

“一个绝妙的先知！”姑娘们冲他喊道。施瓦宁十分开心。她们还提出了一些反对意见，但都无济于事，于是只好把自己甜蜜的嘴唇凑向他。亨利希只是在他那位严肃的舞伴面前感到害羞，否则他会为诗人的特权而喜形于色。薇罗妮卡也是送花环的姑娘之一。她高兴地走回来并对亨利希说：“做一个诗人真棒，不是吗？”亨利希不敢借题发挥。极度的喜悦与初恋的庄重在他心里展开了较量。妩媚的薇罗妮卡这时跟别人打趣逗乐，他便趁此机会让狂喜的心情平静下来。玛蒂尔德对他说，她会弹吉他。“太好了！”亨利希说，“我想跟您学。我早就梦想着弹吉他。”——“是我父亲教我的。他的演奏没人比得上。”她红着脸说。——“我相信，”亨利希答道，“跟您学我会学得更快。我多么喜欢听您唱歌啊。”——“您可别把我想象得太好了。”——“哦!”亨利希说，“我还有什么不能期望呢，您的言语就像是歌唱，您的容貌允诺了天堂的乐曲。”

玛蒂尔德陷入了沉默。她父亲开始与他交谈，亨利希非常激动地讲了起来。旁边的人暗自惊奇，他竟如此能言善道，他的思想既丰富又生动。玛蒂尔德默默凝视着他。好像她很喜欢他讲的话，他脸上是那么富于表情，将他的言辞解释得更透彻。他两眼放出异样的光彩。有时候他转头望一望玛蒂尔德，面部的神态令她惊异。在富有激情的谈话中，他不知不觉地握住了她的手，她有时则情不自禁地轻轻回握，以此对某句话表示赞许。克林索尔善于助长他的谈兴，渐渐诱导他把心里的话倾吐出来。最后大家都站了起来，一个个热情洋溢，争着发言。亨利希一直在玛蒂尔德身旁，他俩悄悄到了楼下。他捧起她的手，温柔地亲吻。她完全任由他，只是望着他，含着难以形容的柔情。他忍不住低下头去，吻了吻她的嘴唇。她吃了一惊，随即便不可抑制地回应他的狂吻。“可爱的玛蒂尔德”——“亲爱的亨利希”——这就是他俩唯一的话语。她又握了握他的手，然后回到人群中。亨利希呆呆地站着，恍若在天堂。这时他的母亲朝他走来。他向她表露出所有的柔情。她说：“我们来奥格斯堡不是挺好吗？你喜欢这里，对吧？”——“亲爱的母亲，”亨利希说道，“我确实没有想到，这儿真是好极了。”

后面的聚会也一样欢乐开怀。老人们在一起玩乐，聊天，看年轻人跳舞。音乐像欢乐的浪潮在大厅里起伏回荡，令陶醉的青年翩翩起舞。

亨利希同时感觉到最初的情欲和爱情在心中萌动，这使他心旷神怡。就连玛蒂尔德也沉醉于波浪般涌来的溢美之词，对他的亲切信赖和刚刚萌芽的倾慕，她只以一道轻纱掩藏起来。老施瓦宁发觉了这种契合的兆头，就拿他俩打趣逗乐。

克林索尔渐渐喜欢上了亨利希，也为他这份情意感到高兴。其他小伙子和姑娘很快发现了苗头。他们拿这个图林根的年轻人来同端庄的玛蒂尔德开玩笑，而且毫不隐瞒得意的心情，因为在两情相悦的事情上，他们今后再也不怕被玛蒂尔德发现了。

大家分手时已是深夜。“这是我生命中的第一个节日，也是唯一的一个。”亨利希自言自语，此时他独自一人，他母亲撑不住躺下睡了。“在梦见蓝花那个梦中，我不也是这样的心情吗？玛蒂尔德与蓝花之间究竟有什么奇特的联系？那张由花萼构成并俯向我的面孔，就是玛蒂尔德天仙般的面孔，现在我也回忆起，曾经在那本书中亲眼目睹。可是为什么当时它没有深深打动我？哦！她便是看得见的歌唱之魂，与她父亲相称的女儿。她会将我融化为音乐。她将是我最内在的灵魂，我的圣火的守护者。我感觉到我的心多么忠贞不渝！我投生人世，只为敬仰她，只为永远服侍她，只为想着她感觉她。一个本已的完整的生命，不就是用来瞻仰并朝拜的吗？若是某人的本质可以充当她的本质的回音和镜像，我会是这个幸运者吗？我在旅行结束时见到她，一场极乐的庆典簇拥着我生命的最崇高的瞬间，这绝非偶然，而是命中注定的。只要她在场，一切都变得喜气洋洋，不是吗？”

他走近窗前，昏暗的天空群星合唱，东方有一道曙光，报道白昼即将来临。

亨利希无比喜悦，高声喊道：“你们，永恒的星辰，你们，沉寂的浪游者，我祈求你们，做我的神圣誓言的见证。我愿为玛蒂尔德而生，让永恒的忠诚把我俩的心紧紧相连。天将破晓，也为我送来一个永久的白昼。黑夜过去了。我要为初生的朝阳点燃我自己，做一个万古不灭的牺牲。”

亨利希热血沸腾，天亮以后才入睡。他脑海里思绪万千，汇聚成奇异的梦境。一条深深的蓝色的河流，从翠绿的平原延伸过来，波光闪闪。平滑的水面上漂着一条小船。玛蒂尔德坐在船边划桨。她头戴花环，嘴里哼着一首淳朴的歌谣，目光含着甜美的忧郁朝他望过来。他胸口有些憋闷，但不知道为什么。天空晴朗，流水平缓。波光里映出她那甜美如天仙的脸。突然小船旋转起来。他惊恐地向她呼叫。她却微笑，把桨板放回不停旋转的船中。他感到一种巨大的恐惧，于是跳入水中；可是他不能往前游，也没有沉下去。她向他挥手，好像有话对他说，船已开始进水；但她依然微笑，她的笑容含有一种难以言传的真情，她欣喜地盯着漩涡。突然她被漩涡卷入水底。一阵微风拂过水面，河水像先前一样静静地流淌，波光粼粼。强烈的恐惧使他昏了过去。他的心不再跳动。当他感觉自己躺在干燥的陆地上时，他才苏醒过来。他可能游了很远很远。这是一个陌生的地方。他不知道自己出了什么事。记忆消失了，脑子里一片空白。他走进陆地深处，觉得浑身无力。一条小溪从山间流出，水声潺湲如宁静的晚钟。他用手掬起溪水，润湿干渴的嘴唇。那个可怕的事件像一场噩梦留在了身后。他越走越远，花卉树木向他娓娓絮语。他的心情渐渐愉快起来，仿佛回到了故乡。这时他又听见了那首歌谣，便向着歌声走去。突然有人拽住了他的衣襟。“亲爱的亨利希。”一个熟悉的声音传入他的耳中。他一回头，玛蒂尔德已把他拥入怀中。“你怎么走在我前面，我的心上人？”她问道，同时深深吸了口气。“我差点没能赶上你。”亨利希哭了。他把她紧紧贴在胸前。——“那条河在哪里?”他流着眼泪问道。“你没看见我们头上蓝色的波浪?”他抬头一瞧，蓝色的河流在他们头顶轻轻流淌。“我们在哪里呢，亲爱的玛蒂尔德?”——“在我们父母这里。”——“我们将始终在一起?”——“永远。”她答道，这时她把嘴贴到他的嘴上，紧紧地拥抱他，好像再也不能同他分开。她对着他的嘴说了句美妙的密语，那声音传遍了他全身。他想把话重复一遍，这时外祖父喊了一声，他便醒来了。为了再次听见这句话，大概他宁愿付出他的生命。

第七章

克林索尔站在他床前，友好地向他道了声早安。他清醒过来，一下了搂住克林索尔的脖子。“您这样可是不得体。”施瓦宁说。亨利希笑了笑，他贴近母亲的脸，好掩饰自己脸红了。

“您可有兴趣跟我去郊外，在一座美丽的小山上吃早餐？”克林索尔言道，“美好的早晨一定使您神清气爽。穿好衣服吧。玛蒂尔德已经等着我们了。”

亨利希无比喜悦地感谢这一诱人的邀请。他很快穿着完毕，含着深情吻了吻克林索尔的手。

他们来到玛蒂尔德身边，她穿着朴素的晨装，显得格外可爱，她友好地向他问候。她一只手上挎着一只小篮子，里面已装好早餐，另一只手很自然地伸向亨利希。克林索尔跟在他俩身后，三人漫步穿过朝气蓬勃的城市，走向河边的一座小山丘，上面有几棵大树，站在树下举目四望，一切尽收眼底。

“我曾经多少次，”亨利希高声说道，“陶醉于五彩缤纷的大自然的苏醒，陶醉于自然万物的友好睦邻；但是，如此纯粹的、诱发灵感的喜悦，还从未像今天一样充满我的心灵。远方离我是这样的近，这片多姿多彩的景色恍若一个内心的幻境。自然是多么变幻莫测，尽管从外表看来它永不改变。它肯定是大不一样，若是一位天使，若是一位更强有力的神灵在我们身边，而非一个贫困者在我们面前抱怨不休，或一个农夫告诉我们，气候多么恶劣，他的庄稼多么需要阴沉沉的雨天。您呀，最可敬的大师，我还欠您这种喜乐；是的，这种喜乐，因为没有别的词语能更真实地表达我的心境。愉悦、快乐和欣喜不过是喜乐的肢体，喜乐将它们连接为一个更高的生命。”他把玛蒂尔德的手紧贴在他的心上，火热的目光沉入她那柔和而多情的双眼。

这时克林索尔回应道：“大自然之于心灵，一如物体之于光。物体可以拦住光，将其折射为特定的色彩；它在自己的表面或体内点燃一束光，要是这束光与物体的幽暗相若，就会使物体变得清晰透明，要是光束强于幽暗，它便自物体射出，以照亮别的物体。但即使是最黑暗的物体，也可在水、火、风的作用下变得明亮并放射光芒。”

“我明白您的意思，亲爱的师傅。对我们的心灵而言，人便是晶体。人就是透明的自然。亲爱的玛蒂尔德，我愿称您为一枚珍贵纯粹的蓝宝石。您像天空一样清澈透明。您释放出最柔和的光。可是告诉我，亲爱的师傅，我的感觉对不对：谁的心与自然最相亲，谁反倒最不能也最不愿言说自然。”

“这要看情况而论，”克林索尔答道，“对于我们的欣赏和我们的心灵，大自然是一回事，对于我们的理智，以及我们对世界的引导能力，那又是另一回事。人们或须避免偏重一个而忘掉另一个。许多人只熟悉一方面，对另一方面估价甚低。但二者可以结合起来，这样人们会觉得身心舒坦。遗憾的是很少有人想到，可以在自己的内心自由而灵巧地活动，并且通过适当的划分，确保自己最自然地、最合乎目的地运用心灵的力量。通常一个会妨碍另一个，由此渐渐养成一种不可救药的惰性，其结果便是，一旦这种人想以全部力量崛起，极大的困惑和冲突便随之开始，在彼此碰撞之中，一切蹒跚前行。而您既有理智，又有天生的求知欲，想了解一切怎样发生，怎样按顺序的法则互相关联，同时还辅之以勤奋和刻苦，对此我真不知道该如何夸奖您。对诗人而言，最不可缺少的便是，洞察每件事情的特性，熟悉达到每个目标的方法，务实的精神，即根据时间和情况选择最适当的方法。没有理智的激情是无益的、危险的，如果诗人自身对奇迹感到震惊，他就做不出什么奇迹来。”

“对人主宰命运的内心信念，这也是诗人不可或缺的吗？”

“当然不可或缺，只要他对命运加以成熟的思考，他就不可能有别的想法；不过这种乐观的确信与那种惶恐的猜疑，与那种迷信的盲目恐惧的确有天壤之别。所以，诗性之心这种激发活力的冷静的温馨，与病态之心那种迷乱的狂热也恰恰形成对立。后者贫乏、短暂、使人麻痹；前者对一切形象加以精细的分类，有利于构成多种多样的关系，凭借自身便是永恒的。年轻的诗人达不到足够的冷静和审慎。有一颗专注的、宽广和宁静的心，才能真实而动听地倾诉。如果胸中翻涌着风暴，神不守舍，心思恍惚，那便是一些饶舌的胡话。我再重申一遍，纯真的心灵好比是光，同样宁静和敏感，同样灵活和锐利，同样强大，同样潜移默化，犹如这种珍贵的要素，极其均匀地散布在一切物体上，让万物呈现出迷人的千姿百态。诗人乃是纯钢，那么敏感，像易碎的玻璃丝，那么坚硬，像不可改塑的卵石。”

“有时候我觉得，”亨利希说，“在那种最虔心的时刻不怎么好动，不像在别的日子，我可以自由自在地转悠，有兴趣做任何事情。某种尖锐的、精神的事体随即穿透了我，我可以随意启用每种感官，随意翻转每个思想，如像一个真实的物体，并从各个方面加以审视。我站在父亲的工场旁边，不知不觉有了兴致，要是我能帮他搭把手，制作某个器具，而且恰如其分，我会很开心。适度有一种让人舒心惬意的特殊魅力，的确是这样，意识到适度，可给人一种持久而清晰的享受，胜过玄奥恣肆的妙境带来的那种漫溢的感觉。”

“您不要认为，”克林索尔言道，“我在抨击后者；但那种感觉必须自发产生，不可强求。它偶尔出现，令人愉悦，多了会使人疲惫衰弱。人们无法很快摆脱遗留下来的舒服的麻醉感，重新回到辛苦的日常工作上。这就像一场凌晨的美梦，只有使劲挣扎，才能逃出那引人昏睡的旋涡，否则就会陷入越来越深的梦魇，尔后精疲力竭地挨过一整天。”

“尤其诗歌，”克林索尔接着说，“必须当成一门严格的技艺来从事。当成纯粹的享受，诗便不成其为诗了。一个诗人不必成天闲逛，搜寻图像和感觉。这条路完全走偏了。一颗纯真坦诚的心，灵敏的思考和观照，将一切能力适度地投入一项令人兴奋的实事之中，而且持之以恒，这些就是我们这门技艺的要求。如果您愿意将自己托付于我，您会觉得每一天都没有白过，您将增长知识，获得一些有益的见解。这座城市有各种各样的行家艺人，例如一些老练的政治家，一些颇有教养的商人。不用太费周折，您就可以了解人类社会的各个阶层、各个行业、各种关系和要求。我乐意向您传授我们这一行的工艺技巧，同您一道阅读至关重要的文章。您可以上玛蒂尔德的音乐课，她一定乐于教您弹吉他。每项活动都为其他活动打好了基础，要是您把日程安排妥当，社交晚会上的交谈和乐趣，还有这个美丽的城市周围的风景，准会带给您不断的惊喜与最舒畅的享受。”

“您为我开启了何等美妙的生活呀，最亲爱的师傅。在您的指导下，我要首先确定，哪个崇高的目标在我的前方，我怎样才有希望，全凭您的教导去达到目标。”

克林索尔与他亲切拥抱。玛蒂尔德给他们摆好了早餐，亨利希轻柔地问道，她是否乐意让他上课时陪伴，并收他为弟子。“我愿意永远做您的弟子。”他对她说道，这时克林索尔转过身去。她悄悄靠向他。他紧紧抱住她，亲吻羞红的少女那娇嫩的嘴唇。她只是缓缓地侧身避开，却从怀中掏出一朵玫瑰递给他，一脸的纯真，显得格外娇美。她忙着收拾篮子。亨利希望着她，暗自欢喜，他亲吻玫瑰，把它紧贴在自己的胸口，然后走到克林索尔身旁，他正向着城市遥望。

“你们是从哪边到达的？”克林索尔询问。——“是从那座山上下来，”亨利希回答，“我们的路在那边消失于远方。”——“你们肯定看到了一些美丽的地方。”——“我们一路穿过迷人的风景，简直目不暇接。”——“你们的故乡大概环境也很优美？”——“那里地形多变，可是还有些蛮荒，缺少一条大河。江河可以说是一个地方的眼睛。”——“昨天晚上您所讲述的旅途见闻，”克林索尔又说道，“对我真是一种愉快的享受。我深切感受到，诗艺之魂乃是您的友好的伴侣。您的同伴不知不觉地充当了诗魂的声音。在那位诗人身边，处处迸发出诗情。诗的国度——浪漫的东方以其甜美的忧郁迎接您；战争在波澜壮阔的场景中向您倾诉，您还有幸同自然和历史相遇，二者化身为一个矿工和一个隐士。”

“您忘记了最美好的，亲爱的师傅，就是爱情天堂般的显现。若要永远留住这道美景，却完全取决于您。”——“看你说的，”克林索尔喊道，这时他转向玛蒂尔德，她正朝他走来，“你可乐意做亨利希的永不分离的伴侣？不管你在哪里，我也在哪里。”玛蒂尔德吃了一惊，一下子扑到父亲的怀中。亨利希全身颤栗，心中无限喜悦。“他愿意永远陪伴我吗，亲爱的父亲？”——“你自个问他好了。”克林索尔感动地说。她脉脉含情地凝视着亨利希。“我的永恒就是你的事业。”亨利希高声说道，此时他俊美的面孔挂满了泪水。他俩同时紧紧拥抱在一起。克林索尔把两人揽入自己的怀中。“我的孩子，”他大声地说，“你们要彼此忠贞，直到进入死亡！爱情和忠贞将使你们的生命化为永恒的诗章。”

第八章

亨利希的母亲和外祖父也怀着深情厚谊，分享他的幸福，并且将玛蒂尔德奉为他的守护神。下午，克林索尔将这个新认的儿子领进自己的房间，让他熟悉需要阅读的书籍。随后他们谈起了诗。

“人们将自然冒充为诗人，”克林索尔言道，“我不知道，人们为什么老是习惯把这个当成诗。并非任何时候自然皆是诗人。在自然之中，如像在人身内，诗乃是一种对立的事体，模糊的欲望、迟钝的冷漠和惰性同诗展开了一场无休止的争斗。这场剧烈的较量兴许是作诗的好材料。有些国家和时代，同绝大多数人一样，似乎完全处于诗的这个敌人的统治之下，与此相反，在另一些国家和时代，诗却是本乡的，处处可见。对史家而言，这种斗争的时代极其值得关注，对此加以描述，亦是一项饶有兴味并大有收获的工作。那往往是诞生诗人的时代。诗的敌手觉得，最不舒服的事情便是：它与诗对峙，自己却变成了一个诗意的角色，常常在激动之时与诗交换武器，尔后被自己阴险的箭矢所重创，与此相反，自己的武器给诗造成的创伤却易于痊愈，反而让诗变得更有魅力和威力。”

“在我看来，”亨利希插言道，“战争终归是一种诗的作用力。人们以为，必须为某种微不足道的占有而相互拼杀，但并未察觉到，其实是浪漫的精神令他们激奋，以便让他们自己消除无用的卑劣品行。他们诉诸武力，恰是为了诗的事业，两军追随着一面看不见的旗帜。”

“在战争中，”克林索尔答道，“翻涌着太古的浪潮。新的世界区域应该崛起，新的种族应该从大融合中结晶诞生。真正的战争就是宗教战争；它恰恰走向衰亡，人类的疯狂在它的完整形象中显露无遗。许多战争，尤其是肇始于民族仇恨的战争，同属于这个等级，它们是真正的诗作。真正的英雄在此大有用武之地，他们是诗人的最高贵的反像，恰是不知不觉浸透了诗性的世界强力。一个诗人若同时又是英雄，那他就是神的使者，不过若要刻画他，我们的诗还力所未逮。”

“您如何理解这种情形呢，亲爱的父亲？”亨利希问道，“某个对象竟然激情如此之强，连诗都无法表现？”

“那当然。不过就根本而论，不能说它超出了诗，而只是超出了我们人世的工具和手段。如果对单个的诗人来讲，只有一个独特的领域，他必须待在其中，以免失去一切定力和呼吸，那么，对人类力量的总和而言，也有一个确定的表述界限，越过此界限，表述则不能保持必要的密度和塑造力，从而沦为空洞虚假的无稽之谈。学徒尤其难以防止这类逾度之举，因为活跃的想象实在太喜欢凑近边界，心高气傲，企图把握并道出那超验之物。更成熟的经验方才教会他，应当避开那些超常的对象，将最单纯之物和最高之物的探索工作留给宇宙智慧。年长的诗人向上攀升，但不会超过他必需的高度，以便使自己种类繁多的贮藏井然有序，容易领会，他会谨防自己远离这种多样性，因为正是它为他提供足够的材料和必要的对比点。我甚至可以说，在每个作品中，混沌必须透过规整的秩序筛网闪烁放光。全凭简略的编排，寻获的珍宝才显豁而华美，反之，一味的匀称却只呈现干瘪的数字形象，令人生厌。最好的诗就在我们身边，寻常的事物往往是诗的最佳题材。对诗人而言，诗受制于功能有限的工具，但正因为如此，诗才成为艺术。语言毕竟有自己特定的范围。某种日常语言的交流面当然更窄。诗人通过练习和思考来了解自己的语言。他确知以此能完成什么，不会做出愚蠢的尝试，要求它超出自己的能力。偶尔他也将语言的全部力量凝聚于一个点上，但这实属罕见，否则会使语言疲沓，他便自己破坏了一种适度的表现力的非凡效果。只有杂耍艺人才对语言进行惊险的跳跃训练，诗人绝不会这样做。在音乐家和画家那里，诗人总有学不完的窍门。这两门艺术皆有引人注目之处，譬如有节制地使用艺术的辅助手段，是非常必要的，关键在于适当的比例。当然反过来，那些艺术家也可以向我们借鉴诗的独立性，吸取每个创作和发现，即每个纯粹的艺术品的内在精神，并对此心怀感激。他们应有更多的诗性，我们应有更多的音乐性和绘画性——二者皆遵循我们的艺术的方式方法。题材不是艺术的目的，讲述才是目的。你会发现，描述的对象若是你最接近最熟稔的，那些诗歌一定是你最成功的。因此可以说，诗完全建立在经验之上。我自己知道，在我年轻的时候，一个对象若不像是最遥远最陌生的，恐怕我不是最喜欢歌咏它。结果怎样呢？一种空洞又浮夸的喧声呓语，没有纯诗的一星火花。因此童话也是一个艰难的任务，年轻的诗人很少能够较好地完成。”

“我很想听你讲一个童话，”亨利希说，“我只听过几个童话，但已经给了我莫大的享受，虽然它们算不上什么。”

“今天晚上我乐意满足你的愿望。我还记得一个童话，是我相当年轻时写的，仍然带有少年时期的清晰的痕迹，因此也许更有启发意义，可供你消遣，让你回想起我对你讲过的一些话。”

“语言确实是……”亨利希说道，“一个符号和音韵的小世界。人怎样掌握它，就同样乐意掌握大世界，并希望能用语言来自由地表达自己。诗的源头恰恰在这种喜乐之中：以语言来披露世界之外的事体，并能够践行我们生存的原初的本能。”

“糟糕的是，”克林索尔言道，“诗有一种特殊的名声，诗人构成了一种特殊的行会。其实，诗绝不是什么特殊的东西，不过是人的精神的固有的活动方式。每个人每时每刻不都在创作和追求吗？”——这时玛蒂尔德正好走进房间，克林索尔又说道：“人们只需想一想爱情。对于人类的存在，诗的必要性也许在任何地方，都不如在爱情中这样清楚地显示出来。爱情是喑哑的，唯有诗能替它诉说。抑或爱情本身无非是最高的自然之诗。然而，我不必讲述你比我更了解的事情。”

“你才是爱情之父。”亨利希说，此时他拥抱玛蒂尔德，两人一齐亲吻父亲的手。

克林索尔也拥抱他俩，然后离开了房间。“亲爱的玛蒂尔德，”亨利希长吻之后说道，“我觉得这就像一个梦，我拥有你，但更奇异的是，我直到现在才拥有你。”——“我感觉，”玛蒂尔德说，“我认识你已经很久很久。”——“你真的会爱我吗？”——“我不知道爱情是什么，但是我可以告诉你，我觉得现在才开始生活，我是那么的喜欢你，情愿立刻为你而死。”——“我的玛蒂尔德，现在我才感觉到什么叫不朽。”——“亲爱的亨利希，你是那么无尽的好，何等美妙的精灵正从你心中发出言语。我只是一个可怜的卑微的女孩。”——“你使我深深地感到羞愧！可是全靠你，我才是现在的我。没有你，我恐怕啥也算不上。一个没有天穹的精灵能是什么，你便是那驮负我护持我的天穹。”——“我会是多么福乐的人儿呀，若是你像我父亲一样忠诚。我生下来不久，母亲就去世了；父亲几乎每天都为她哭泣。”——“虽然我不配，但我期望比他更幸福。”——“但愿我长久地生活在你身边，亲爱的亨利希。靠着你，我一定会变得更好。”——“啊！玛蒂尔德，哪怕死亡也不能使我俩分离。”——“是的，亨利希，我在哪里，你也会在哪里。”——“是的，你在哪里，玛蒂尔德，我将永远在哪里。”——“我对永恒一无所知，可是我寻思，当我想到你时，我所感受到的想必便是永恒。”——“是的，玛蒂尔德，我们是永恒的，因为我们相爱。”——“你不会相信，亲爱的，今天早晨我们回家以后，我怀着何等的激情跪倒在圣母的像前，向她做了多么难以启口的祷告。当时我准是热泪满面。我觉得她仿佛在对我微笑。现在我才知道何为感恩。”——“爱人呀，上天把你赐给我，是让我敬仰你。我崇拜你。你就是圣女，是你把我的愿望带给上帝，正是通过你，他才向我开显自己，并向我昭示他那丰盈的爱。若不是挚爱的心灵的无限契合、一种永久的结合，宗教还能是什么？只要有两人聚在一起，他就在他们中间。我必须永远在你身边呼吸；我的胸怀永不停止吸纳你。你是上帝的荣耀，最娇美的花苞中永恒的生命。”——“啊！亨利希，你知道玫瑰的命运；那枯萎的嘴唇、苍白的面颊，你也会用你的双唇深情地亲吻？衰老的痕迹不会是逝去的爱情的痕迹？”——“哦！但愿你能透过我的眼睛望进我的心灵！可是你爱我，所以你也相信我。人们说魅力总要消失，对此我不明白。哦！魅力永不枯萎。把我引向你并且难分难舍的那种东西，那唤醒我心中永恒的渴望的东西，它不是源自这个时间。只要你能看见，在我心目中你是什么模样，何等神奇的图像贯穿你的形体，处处朝着我熠熠放光，你就不会害怕衰老。你的尘世的形体只是这个图像的一个影子。尘世的力量纷纷喷涌角逐，以便攫住此图像，可是本性尚未成熟；它乃是一个永恒的原型，神圣的未知世界的一个部分。”——“我明白你的话，亲爱的亨利希，因为当我打量你时，我所看见的与此相似。”——“是的，玛蒂尔德，更高的世界离我们很近，比我们平常想象的还要近。在此，我们就已经生活在其中，我们窥见它与尘世的造物最紧密地连在一起。”——“你还会向我披露许多美妙的事体，我最心爱的人儿。”——“哦！玛蒂尔德，我的预言才能完全出自你。我拥有的一切全部属于你；你的爱会将我引入生命的圣地，引入心灵最神圣的地方；你将激励我去做最高的直观。谁知道，是否有朝一日，我们的爱情还将化作火焰的翅膀，提升我们，并将我们带回天国的故乡，赶在衰老和死亡出现之前。你是我的，我把你抱在怀里，你爱我并愿意永远属于我，难道不已经是一个奇迹吗？”——“我现在也觉得一切都是可信的，甚至我感觉到一种火焰在我心中默默燃烧；它可会照亮我们，逐渐解除尘世的束缚？谁知道呢。你只告诉我，亨利希，我对你怀着无限的信赖，你对我是否也有同样的信赖。我还从未有过这样的感觉，甚至对我的父亲，我可是无穷无尽地爱着他。”——“亲爱的玛蒂尔德，这实在令我痛苦，我无法一下子把一切告诉你，我也无法立刻把我整个的心一下子献给你。在我的生命中这也是第一次，我是坦露无遗的。当着你的面，任何想法、任何感觉我都不再隐藏；你必须知道一切。我这个人应当与你这个人融为一体。只有最无限的奉献才能满足我的爱情。爱就存在于奉献之中。爱就是我们最隐秘、最本己的生命的神秘融合。”——“亨利希，可能还从未有两人如此相爱。”——“我对此完全相信。确实还不曾有过玛蒂尔德。”——“也不曾有亨利希。”——“啊！再次向我发誓吧，你永远属于我；爱情就是无尽的重复。”——“是的，亨利希，当着我善良的母亲的在天之灵，我发誓永远属于你。”——“我发誓永远属于你，玛蒂尔德，此话如此真实，就像爱便是上帝在我们身边的亲在。”长久的拥抱、无数的亲吻确证了这对福乐的恋人永久的缔合。

第九章

傍晚来了几位客人；外祖父饮酒，祝年轻的未婚夫妇身体健康，他还答应尽快举办一场盛大的婚礼。“拖延有什么好处，”老人说道，“结婚结得早，爱情才长久。我总是发现，早早缔结的婚姻才是最幸福的。年岁渐长，婚姻生活便远不如年轻时这般笃诚。一段共享的青春就是一条扯不断的纽带。回忆是爱情最可靠的根基。”晚餐后又来了一些客人。亨利希请求他那位新父亲履行自己的诺言。克林索尔对在座的各位说道：“我今天答应给亨利希讲一个童话。要是你们乐意，我已经准备好了。”——“这是亨利希想出的一个好点子，”施瓦宁说道，“您好久都没有给我们讲点什么。”众人围坐到熊熊燃烧的壁炉边上。亨利希紧靠在玛蒂尔德身旁，用胳膊搂住她。克林索尔开始讲述：

“漫长的黑夜刚刚开始。那位老英雄敲击自己的盾牌，响声传遍了城里荒凉的大街小巷。他把这个信号重复了三遍。此时，宫殿的一扇扇高大的彩色窗棂从里面亮了起来，窗上的形象开始活动。它们晃动得更加厉害，随着暗红的灯光越来越强烈，渐渐照亮了街道。人们也看见，巨大的圆柱和高高的城墙慢慢变得明亮，最后耸立在最纯净的淡蓝的微光里，与最柔和的色彩交相映衬。整个城区现已清晰可见，人影反光，长矛、刀剑、盾牌和头盔铿锵震鸣，依次闪现的花冠从四面八方垂下，最终好像又消失了，给一个朴素的绿色桂冠腾出位置，围着它排成一个硕大的圆圈：一切都映在凝冻的海面，海围着山，山上有座城，那遥远而峻拔的环状山脉，逶迤盘绕于海的周围，也蒙上了一层淡淡的反光，直至深处。什么也不能清楚地辨别；可是人们听见奇异的轰隆声传来，仿佛出自远方的一座巨大的工场。与此相反，城市清晰明亮地浮现出来。光滑而透明的城墙反射出美丽的光彩，一幢幢楼房鳞次栉比，风格高雅，形成一道优美的景观，呈现在人们眼前。每一扇窗前都立着雅致的陶器，插满了各种各样的冰雪花卉，晶莹闪亮，分外迷人。

“宫殿前面的大广场上有一座花园，那里长着许多金属树木和水晶植物，到处都是五彩缤纷的宝石花朵和果实，简直美极了。那些罕见之物千姿百态，流光溢彩，构成了一幅最壮观的景象，而花园中心的一眼高高的喷泉，已经凝结为冰，则使这个奇景至臻完美。老英雄从宫殿大门前缓缓走过。里面有个声音呼唤他的名字。他靠到门上，随着轻轻的响声，大门自动打开了，他便走进大厅。他把盾牌挡在眼前。‘你还是没有发现什么？’大角星[1]的美丽的女儿怨声问道。她头枕缎子软垫躺在王座上，王座是用一块巨大的硫磺水晶石雕制而成，几个侍女正忙着按摩她那娇嫩的肢体，好像是由牛奶和紫色液体凝成的。在侍女的手掌下，她的胴体朝四面八方放射迷人的光芒，神奇地照耀宫殿。一阵香风拂过大厅。英雄沉默不语。‘让我摸一摸你的盾牌。’她柔声说道。他靠近王座，踏上珍贵的地毯。她抓住他的手，含着柔情将它紧贴在令人销魂的酥胸上，并轻轻触摸他的盾牌。他的铠甲咔嚓作响，一种穿透力激活了他的身躯。他两眼放光，他的心在铠甲下怦怦跳动。美丽的弗蕾亚[2]显得更加欣喜，从她身上漫出的光彩也更加耀眼夺目。‘国王驾到。’一只艳丽的鸟高声叫道，它坐在王座的背后。侍女给公主盖上一床天蓝色的毯子，掩住她的胸脯。英雄垂下盾牌，目光望向穹顶，大厅两侧有两道宽宽的楼梯盘旋而上。首先传来轻轻的音乐，随即在众多侍从的陪伴下，国王出现在穹顶并走下楼梯。

“那只美丽的鸟展开亮闪闪的翅膀，缓缓扇动，然后以百啭千鸣的音调迎着国王歌唱：

---

① 星名，属于牧夫座。

② 她的名字与“自由”谐音。

俊美的异乡人不会久久延宕。
温暖趋近，永恒正来临。
当爱情的烈焰使海陆消亡，
女王将从长梦中苏醒。
当寓言恢复古老的职权，
寒夜将退出人类的故乡。
在弗蕾亚怀中，世界燃起火焰，
每个渴望才领悟她的渴望。

“国王温柔地拥抱他的女儿。星宿的精灵排列于王座的周围，英雄站到行列中自己的位置上。无数的星星结成优美的队形，充满了整座大厅。侍女们搬来一张桌子和一个盒子，盒子里面放着许多纸片，纸片上画着神圣而深奥的图形，这些图形纯粹由星座组合而成。国王怀着敬畏亲吻这些纸片，仔细地将它们混合起来，再将其中的几张递给女儿，其余的留给自己。公主依次抽出图片，将它们摆到桌上，然后国王仔细打量自己的图片，经过一番思考，才挑出一张放到桌面。有时候，他似乎被迫选择这一张或那一张。但当他以一张恰好相配的图片，拼成一组十分和谐的图形和图案，人们常常发现他面带喜色。游戏开始以后，所有围观者都露出热心参与的神色、最奇特的表情和姿态，仿佛人人手中持有一件看不见的工具，并以此专注地工作。同时空气中回荡着柔和动人的音乐，恍若发自大厅中彼此美妙盘旋的星星和其余精灵的蹁跹旋舞。群星时快时慢地环荡，划出不断变换的弧线，随着音乐的节奏，摹仿纸上的图案，极具艺术魅力。如同桌上的图像，音乐也变幻万千，虽然层次过渡常常反差很强，匪夷所思，但似乎只有一个单纯的主题贯穿一切。飞翔的星星无比轻松地摹写出那些图像。它们时而盘绕成一个巨大的星系，时而优美地排列为单独的星座，时而一个长列如一道闪电迸裂成无数的火花，时而随着较小的圆圈和图案不断增长，又呈现出一个令人惊异的宏大图像。在此期间，窗棂上的五彩形象始终保持着平静。那只鸟以无穷的花样翻动全身珍奇的羽毛。老英雄也一直忙活着自己看不见的差事，这时国王突然欣喜地叫道：‘一切都将好转。艾森[①]，快把你的剑扔到世上，好让人们知晓和平眠于何处。’英雄从腰间拔出剑来，剑头指向苍穹，然后紧握宝剑，把它抛出敞开的窗户，抛向城市和冰海之外。宝剑像一颗彗星飞过天空，似乎碎裂于远山，发出震鸣，因为它坠落时火星飞溅。

---

① 他的名字意思是铁。

“与此同时，那美丽的男孩厄洛斯[1]正躺在摇篮里静静地眠息，而金尼斯坦，他的乳母，轻轻摇动着摇篮，给他的同乳妹妹寓言喂奶。她把一条彩色的围巾搭在摇篮上，以免那个录事身前的桌子上明亮的灯光惊扰孩子。录事孜孜不倦地写着什么，只是偶尔闷闷不乐地转头瞧一瞧孩子，向乳母露出一副阴森的鬼脸，乳母则同情地对他微笑，默默无语。

“孩子们的父亲老是进进出出，每次进来他都要看一看孩子，并亲切问候金尼斯坦。他总是对录事讲个不停。录事仔细倾听，把他的话记录下来，然后把纸页递给一位女神一般高贵的女人，她靠在一座祭坛旁，坛上放着一只深色的碗，盛满清水，她面带欢喜的微笑注视着水中。每一次她都把纸浸进去，取出来时，如果发现有些字还留在纸上，闪闪放光，她就把那张纸还给录事，他会把它贴到一本大册子里面，可是他常常显得怏怏不乐，要是他白费辛苦，一切都浸没了。那位女士有时转向金尼斯坦和孩子们，把手指蘸进碗中，然后朝他们洒几滴水，水珠一沾上乳母、孩子或摇篮，便立刻化成一团蓝色的雾气，呈现出成千上万罕见的图像，一直环绕他们飘浮，变幻无穷。若是一滴水偶然洒到录事身上，就会掉下许多数字和

---

① 希腊神话中的小爱神。

几何图形，他便尽力将其串到一根线上，当作装饰品挂上自己细长的脖子。男孩的母亲也时常走进房间，浑身上下皆透出妩媚可爱。她好像一直在忙活，总是带着某件家具走出门去。多疑的录事以窥探的目光盯着她，一看见她取走什么，就开始作长长的指控笔录，但是没有一个人对此关注。大家好像对他无用的控告辞早已见惯不惊。母亲有时抽空给小寓言哺乳，但很快又会被人叫走，金尼斯坦随即抱回孩子，这孩子似乎更喜欢在她怀中吸奶。突然父亲拿来一根柔软的铁条，是他在庭院里找到的。录事仔细打量，非常灵活地转动它，并当即断言，这东西中心挂在一条线上，可以自动向北旋转。金尼斯坦也把它拿到手中，弯曲它，挤压它，冲着它哈气，一会儿就使它变成了一条蛇，这时它突然咬住自己的尾巴。录事很快就看腻了。他准确地记载了一切，十分详尽，甚至包括这个发现物可能派上的用场。然而，他的全部笔录未能通过试验，从碗中取出的只是一张白纸，于是他懊恼极了。乳母继续玩她的戏法。她一不小心，将蛇触到摇篮，这时男孩醒来，掀开被子，一只手伸向灯烛，另一只手朝蛇伸过去。他一把抓住蛇，立刻力气十足地跳出摇篮，让金尼斯坦大吃一惊，录事也吓得差点跌下椅子。男孩站在房中，全身只披着长长的金发，他怀着难以形容的喜悦，注视自己手中的宝贝，它正向北延伸，似乎深深打动了他的内心。他一下子长大了。

"'索菲，'[1]他以迷人的嗓音对那位女士说道，'让我喝碗里的水。'她毫不犹豫地把碗递给他，他不停地喝呀喝呀，可是碗里好像始终满满的。终于他把碗还给她，然后深情拥抱高贵的妇人。他亲热地拥抱金尼斯坦，向她讨要那条彩色围巾，并将它系在腰间，看起来很得体。他把小寓言抱起来，她在他怀中显得无比欢喜，开口说起话来。金尼斯坦一直为他忙个不停。她看起来格外风流迷人，就像一个情意绵绵的新娘，她把他紧紧搂在怀里。她一边说着悄悄话，一边把他引向房门，但索菲严肃地做了个手势，指着那条蛇；这时母亲走进房间，他立即奔上前去，噙着热泪迎接她。录事愤然离去。父亲走进来，看见母子俩默默地拥抱在一起，他便走到他俩身后，靠近迷人的金尼斯坦并同她亲热。索菲爬上楼梯。小寓言拿起录事的笔，开始书写。母子俩陶醉于悄声细语，父亲带着金尼斯坦偷偷溜进下房，好在她的怀里消除一天的劳累。过了很久索菲回来了。录事走进屋子。父亲从下房出来，开始他的工作。金尼斯坦也回来了，脸蛋红彤彤的。录事骂不绝口，把小寓言赶下了他的座

---

① 这个名字意为智慧。

位，他得费些工夫整理自己的东西。他把那些被寓言写满了字的纸笺递给索菲，原想再将其干干净净地收回，但随即愤懑不已，因为索菲从碗里取出纸来交给他时，上面的文字闪闪发光，完好无损。寓言依偎在母亲的胸前，母亲一边给她喂奶，一边收拾房间，打开窗户，放进新鲜空气，准备一顿可口的晚餐。透过窗子，可以望见最美丽的景色，晴朗的天空铺展于大地之上。庭院里父亲正在忙碌。他要是累了，就会抬头望一望窗口，金尼斯坦站在窗前，把各种各样的甜食朝他扔下去。母子俩走到外边，在各处帮一帮忙，为定下的大事作准备。录事摇动笔杆，老是做出一副鬼脸，每当他不得不向金尼斯坦询问什么，她有很好的记性，凡是发生过的事情全装在脑瓜里。没过一会儿厄洛斯走进房来，一身漂亮的甲胄，外面系着彩色围巾，像是一条佩带，他向索菲讨教，他的旅程该何时开始及怎样进行。录事抢先发言，愿意当即敬献一份详细的旅行计划，可是没人理睬他的建议。‘你可以马上出发，金尼斯坦乐意陪伴你，’索菲言道；‘她知道路径，对各地都很熟悉。她将扮成你的母亲，以免你受到诱惑。一旦找到国王，你就得想念我：我好随后来帮助你。’

“金尼斯坦与母亲彼此改换了形象，父亲对此似乎十分满意；二人离去让录事感到高兴，特别是因为金尼斯坦把那本记事簿赠给了他，当作离别的礼物，里面详细记载着家族的历史；只有小寓言仍是他的眼中刺，他唯一的心愿，便是她也被列入远行者的名单，这样他就安宁了，满意了。索菲为跪拜的人们祝福，赐予他们一个壶，里面盛满了那碗中的清水；母亲忧心忡忡。小寓言颇想同行，父亲在室外忙不过来，无暇一一告别。他们启程时，夜幕已经降临，月亮高高地悬在空中。'亲爱的厄洛斯，'金尼斯坦说，'我们得赶紧，到我父亲那里去，他已好久没有见到我，一直满怀渴望在地球上四处寻找我。也许你现在看见了他苍白憔悴的面孔？有你作证，他才能认出以这个陌生形象出现的我。'

爱情从幽暗的小径走来
只有那月亮窥见，
幽灵的王国已经敞开，
装饰得美轮美奂。

蓝色的烟雾镶一条金边
环绕着爱情飘浮，
幻想匆匆把爱情催赶，
越过大地和激流。

酥胸丰满的爱情在飞攀，
伴着奇妙的心绪；
一种未来的欢情的预感
驱逐了狂热的情欲。

渴望在怨诉，竟然不知
爱情渐近的行踪，
无望的忧伤更深地浸蚀
渴望的那张面孔。

娇小的蛇多么忠实：
她端端指向北方，
两人放心大胆地追随
美丽的引路女郎。

爱情穿过沙漠和戈壁，
穿过云彩的国度，
缓缓走进月亮的宫殿里，
牵着公主的手。

国王靠在白银宝座上，
独自忧愁烦恼；
突然他听见女儿的声音，

父女俩紧紧拥抱。

“他俩深情地拥抱在一起，厄洛斯站在旁边，十分感动。老人激动不已，最后终于控制住自己，向他的客人表示欢迎。他抓起一只巨大的号角，使劲吹了起来。响亮的号声隆隆穿过古老的城堡。耸立的塔楼，闪光的圆顶，高深幽暗的穹顶都开始晃动。城堡静静地耸立着，因为它已经来到大海彼岸的群山之中。宫廷侍从自四面八方拥来，他们奇异的模样和装束让金尼斯坦无比开心，倒并没有吓住胆大的厄洛斯。金尼斯坦问候她的老熟人，在她的面前，众人显示出从未有的强悍和非凡而壮观的本相。狂烈的潮汐之魂尾随着缓缓的落潮。古老的飓风躺下了，紧靠在热情奔放的地震那跳动的胸前。温情的骤雨转头回望绚丽的彩虹——她已远离更吸引她的太阳，苍白地悬在天空。粗暴的雷霆阻止闪电的荒唐之举，不让他从无数的云团后面钻出来，云团仪态万千地伫立在那里，引诱火热的少年。那对可爱的姐妹，清晨和傍晚，格外喜欢两位来客。拥抱的时候她们洒下了轻柔的泪珠。这些神奇的宫臣的情态真是难以形容。老国王怎么也看不够自己的女儿。她在父亲的城堡里感觉到十倍的幸福，不知疲倦地观赏这些熟悉的异象奇迹。她的喜悦简直无法描述，当国王把宝库的钥匙交给她，而且允准在那里为厄洛斯上演一出戏，或可使他欢娱良久，直到发出启程的信号。宝库是一座大花园，里面各种珍宝琳琅满目，美不胜收。巨型的气象树之间悬卧着无数空中楼阁，建筑样式匪夷所思，一座比一座珍奇。一群群羔羊四处游荡，羊毛呈银白、金黄和玫瑰红色，珍禽异兽使整座林苑充满活力。稀罕的雕塑随处可见，节日的游行和别致的彩车川流不息，令人目不暇接。苗圃里开满了五彩的鲜花。库房里堆积着各种兵器，存放着最美丽的地毯、墙纸、窗帘、杯盏，以及五花八门的器械和工具，一排排望不到头。在一道高坡上，他们望见一个浪漫的国度，那里市镇和城堡、神庙和坟茔星罗棋布，有人栖居的平原风光旖旎，荒野和悬崖峭壁透出可怕的魅力，但二者浑然一体。最美的色彩搭配得恰到好处。山巅熠熠放光，犹如情欲的火焰闪耀于冰雪之下。平畴一片新绿，春意盎然。远方涂抹着深浅不一的蓝色，湛蓝的海面船队云集，数不清的五彩桅杆缓缓漂移。这边可以看见，以一艘搁浅的船为背景，农夫们正在享用欢快的野餐；那边有一座火山爆发，既壮观又骇人，还有地震留下的残迹，前景则是一对恋人，在荫凉的树下柔情蜜意，亲热爱抚。朝下是一个可怕的战场，战场下面正在演一出戏，台上晃动着最可笑的面具。转向另一面，前边一具少女的尸体躺在棺架上，绝望的情郎死死抓住棺架，父母在一边恸哭；后边一位可爱的母亲，怀里抱着孩子，有些天使坐在她脚下，有些从头顶的树枝向下窥望。这些场景变幻无穷，最终汇集为一幕神秘的大戏。天与地骚动翻覆。一切恐惧顿时爆发出来。一个威风的声音召唤人们拿起武器。一支恐怖的尸骸大军打着黑旗，从昏暗的山上暴风雨般骤然降临，向生命发起进攻，而生命正与其少男少女一起，在明朗的平原上欢庆节日，对侵略毫无防备。于是展开了一场可怕的混战，大地震撼，风暴狂啸，黑夜被惊人的彗星照亮。鬼神大军以闻所未闻的残暴，撕裂生者娇嫩的肢体。一个火刑堆高高垛起，生命的孩子们在撕肝裂胆的号叫声中被烈火吞噬。突然，一股淡蓝色的激流从幽暗的灰烬堆朝四面八方奔涌而出。鬼神们企图逃跑，但潮水一下子涨起来，吞没了这个丑恶的族类。一切恐惧随即彻底消除。天与地汇成甜美的旋律。一枝神奇美丽的花闪闪漂浮在轻柔的波浪上。一道绚丽的彩虹连接于浪潮之上，在彩虹上面，诸神端坐于华美的王位，朝两端排列下来。索菲高居上首，手持那只碗，靠着一位雄伟的男人，云鬓间束着一个橡树花环，右手持一枝和平的棕榈而非王笏。一片百合花叶卷曲于漂浮的花萼之上；小寓言坐在花叶上，在竖琴的伴奏下吟唱最甜美的歌谣。花萼之中躺着厄洛斯本人，倾身俯向一位沉睡的娇美少女，她紧紧缠绕他。一枝更小的花盘卷着他俩，使得两人从腰部以上似乎变成了一朵花。

“厄洛斯万分惊喜地感谢金尼斯坦。他温柔地拥抱她，她也回应他的爱抚。辛苦的旅行，目睹的诸多景象，都使他感到疲惫，现在他只想歇一歇，睡一觉。金尼斯坦觉得自己已被这个美少年深深吸引，她小心翼翼，以免提到索菲临行前给他的饮水。她把他带到一个僻静的浴场，解下他的甲胄，自己换上了睡衣，显得既陌生又充满诱惑力。厄洛斯潜入危险的波浪之中，然后心醉神迷地回到岸上。金尼斯坦替他把水擦干，抚摩他那蓄满青春活力的强健的胴体。他怀着炽烈的渴望，想念他的爱人，在甜美的意念中拥抱妖艳的金尼斯坦。无忧无虑，他完全沉醉于纵情狂欢之中，品尝最销魂的性欲快感，最后倚着女伴的酥胸慢慢睡着了。

“在此期间，家里发生了一个令人悲哀的变故。录事把仆役全都卷进了一个危险的阴谋。他心怀敌意，早就在寻找机会，企图篡夺家族的统治权，挣脱脖子上的枷锁。他终于找到了机会。他的追随者首先制服了母亲，给她戴上铁链。父亲也在进膳时被监禁起来。小寓言听见房中的喧哗，悄悄藏到祭坛背后，她发现那背面有一道暗门，就很灵巧地把门打开，看见里面有一道阶梯通下去。她进去后把门关上，在黑暗中走下台阶。录事疯狂地冲进房间，想报复小寓言并逮住索菲。可是两人失去了踪影。那只碗也不见了，他气急败坏，把祭坛砸得粉碎，却并未发现秘密台阶。

“小寓言朝下走了很久。最后她终于走出通道，来到一个露天广场，周围有一条华丽的柱廊，一道大门把广场封闭起来。这里的一切景物都是昏暗的。空气像是一片巨大的阴影；天空中悬着一个黝黑闪光的物体。可以清晰地分辨一切，因为每个景物呈现出各不相同的黑色，并在身后投下一道亮光；光与影仿佛在此交换了角色。寓言置身于一个全新的世界，为此感到欢喜。她怀着儿童的好奇心打量眼前的一切。最后她来到大门旁边，门前有一个巨大的座子，上面躺着美丽的司芬克斯。

“‘你在找什么？’司芬克斯问。‘我的财产。’寓言回答。——‘你从哪里来？’——‘从远古。’——‘你还是个孩子。’——‘将永远是个孩子。’——‘谁能帮助你？’——‘我为自己担保。姐妹们在哪里？’寓言反问。——‘处处和无处。’司芬克斯给出答复。——‘你认识我吗？’——‘还不认识。’——‘爱情在哪里？’——‘在幻觉中。’——‘索菲呢？’——司芬克斯含糊地自言自语，同时扇动着翅膀。‘索菲和爱情。’寓言欢呼胜利并穿过大门。她步入巨大的洞窟，欢快地朝着古老的姐姐走去，她们就着漆黑燃烧的油灯，在暗淡的夜里从事自己神奇的工作。她们做出一副样子，仿佛并未察觉这个小客人，她正以亲热的举动向她们大献殷勤。终于有一个带着蔑视的神态，用生硬的言语嘶声问道：‘你想在这里做什么，游手好闲的女孩？谁把你放进来的？你在这儿淘气，蹦蹦跳跳，煽动了静静的火苗。灯油都白燃了。你不能坐到一边去做点正事吗？’——‘美丽的堂姐，’寓言说，‘我压根不喜欢游手好闲。刚才我忍不住要笑你们的守门人，她很想把我搂到怀中，可是她一定吃得太多了，根本站不起来。你们让我坐到门前去吧，叫我编织个什么东西，因为在这里我看不清楚，而且编织的时候，必须允许我唱歌和闲聊，这会干扰你们的专心思考。’——‘你不能走出大门，不过在隔壁房间里，有一道上界的光穿过岩缝射进来，你可以在那里编织，要是你确实手巧的话；这里有一大堆旧线头，你把它们捻到一起吧；但你得留神：要是你磨洋工，或者线断了，线团就会缠住你，把你憋死。’——老姐姐发出幸灾乐祸的笑声并开始编织。寓言抓起一个线轴，带上梭子和纺锤，唱着歌撒着欢去了隔壁。透过裂缝望出去，她看见了长生鸟星座。这吉祥的标志叫她欢喜，她愉快地纺起线来，房门没有关严，她轻轻唱着歌谣：

赶快在房间里醒来，
你们远古的孩子；
离开休眠的住宅，
太阳就要升起。

用你们全部的纱线
我纺成粗线一根；
敌对的时代已到终点。
你们应是一个生命。

每一个活在一切之中，
一切也在一个身上。
一颗心在你们胸中翻涌，
被一种生命气息激荡。

你们还只是魔咒，
只是梦幻和魂灵。
快走进可怕的洞窟，
让三位至圣开心。

“纺锤在两只小脚之间来回摆动，非常灵巧；同时她用双手捻着柔软的纱线。伴着她的歌声，数不清的小光点变得清晰可见，它们钻出门缝，穿过洞穴，化为丑陋的假面铺散开来。与此同时，老姐姐一直在闷闷不乐地纺织，等待着小寓言诉苦抱怨，可是，一只可怕的鼻子突然从肩膀上冒出来，把她们吓得要死，她们环顾四周，整个洞窟到处都是狰狞的怪物，正在胡作非为，玩出无数的花样。她们抱成一团，尖声号叫，险些被吓得变成了石头，若非此时那个录事刚好走进洞穴，手持一棵曼德拉草。小光点全都躲进了岩缝，洞穴变得亮堂，因为漆黑的油灯在混乱中翻倒并熄灭了。听见录事走进来时，老姐姐高兴极了，对小寓言却是满腔怒火。她们把她叫出来，厉声呵斥，不准她继续编织。录事露出讽刺的微笑，因为他确信已将小寓言控制在手中，然后他说道：'真是太好了，你在这里，可以督促你劳动。我希望这里应该少不了惩罚。你的聪明才智把你引到了这里。我祝愿你长寿快乐。'——'我感谢你的这番好意，'寓言说，'可以看出现在是你风光的时候；只是你还缺少记时沙漏和死神之镰，否则看起来你倒酷似我美丽的堂姐的兄弟。若是你需要鹅毛管，我可以从鹅脸上拔一撮绒毛。'录事做出威胁的架势。她微笑着说：'若是你很珍惜你美丽的头发和灵光的眼睛，那你可得留神了；瞧一瞧我的指甲，你一定不会有更多的损失。'他强忍怒气转向老姐姐，她们揉着眼睛，四处摸索她们的梭子。因为灯已熄灭，她们什么也找不到，于是对寓言破口大骂。‘你们就让她走吧，’他阴险地说，‘她好替你们去捉塔兰图拉毒蛛，用来熬制你们的灯油。我倒要以此安慰你们，厄洛斯不停地飞来飞去，使你们的剪刀闲不下来。他母亲常常强迫你们把纱线纺得更长，明天她就要葬身火海。’他自己搔痒，好笑出声来，他看见寓言听到这个消息时洒下了泪水，随后他给了老姐姐一截曼德拉草，皱皱鼻子离开了。姐姐们恶声支使寓言去寻塔兰图拉毒蛛，其实她们还存有灯油。寓言飞奔而去。她假装打开大门，随后又使劲关上，自己悄悄溜到洞窟后面，那里有一架梯子悬挂下来。她迅速爬了上去，很快来到一扇装在地板上的坠门前，这扇门通入大角星的房间。

“寓言出现时，国王正坐在那里，被他的顾问团团围住。他头上戴着北方的王冠，左手拿着百合花，右手持天平。雄鹰和狮子蹲伏在他脚下。‘君王，’寓言开口说道，同时满怀敬畏地向他鞠躬，‘愿你牢固的王位万世永存！愿福音治愈你受伤的心！智慧即将归来！和平长醒不眠！无休止的爱得享安宁！让心灵神光焕发！愿古代新生，未来显形！’国王用百合花轻触她宽宽的额头：‘凡是你请求的，皆可得到满足。’——‘我将请求三次；当我第四次到来时，爱情将接踵而至。现在请把古琴给我。’——‘厄里达诺斯[1]！把古琴取来。’国王喊道。厄里达诺斯从屋顶呼啸涌来，寓言从他那闪闪的浪潮中抽出古琴。

“寓言做出几个先知般的抓取手势；国王叫人给她端来杯盏，她啜饮几口，然后一边道谢一边飞奔而去。她划出优美的弧形，跳跃滑过冰海，同时拨弦奏出欢快的乐曲。

“在她的脚步下，冰层发出最美妙的声音。悲哀之山岩以为，这是他那些寻觅归来的孩子的呼唤，于是以无数的回音作出响应。

“寓言很快抵达海岸。她遇见了她的母亲，而母亲看起来苍白又憔悴，比以前更苗条、更端庄，从那高贵的神态中透出绝望的忧伤和感人的忠贞。

“‘你怎么变成了这副模样，亲爱的母亲？’寓言说，‘我觉得你完全变了；不是凭你的内在气质，我都认不出你了。我曾经希望，何时还能在你的怀里消除疲劳；我日夜思念着你。’金尼斯坦温柔地拥抱她，显得欢喜又亲热。‘我当时就想到’，她说道，‘录事不会捉住你。看见你很好，我觉得开心多了。我的情况实在糟糕，但我时时安慰自己，也许我会有片刻的安宁。厄洛斯就在附近，要是他看到你，你跟他闲聊，也许他能待上一会儿。现在你可以躺到我怀里；

① 希腊神话中的河神。

我愿意给你我所拥有的。’她把小女孩抱入怀中，让她吃奶，一边面带微笑瞅着小女孩，她吃得津津有味，一边继续讲述：‘厄洛斯变得这样粗野、反复无常，责任在我身上。但是我并不感到后悔，因为我在他怀中度过的那些时光，足以使我变得不朽。我觉得自己已融化在他火热的爱抚中。他就像一个从天而降的强盗，仿佛要残忍地将我毁灭，那么高傲地征服他的颤抖的牺牲品。我俩从犯禁的迷醉中迟迟醒来，陷于一种异常错乱的状态。长长的、银白色的羽翼遮蔽了他白皙的双肩和迷人的躯体，那么结实，轮廓优美。喷涌的活力刚才催他成熟，使他突然由男童变成了少年，此时它似乎完全注入闪光的翅膀，他又恢复为男童。在他的脸上，静静的红晕化作晃荡的鬼火，神圣的庄重化作伪装的玩笑，含蓄的宁静化作幼稚的烦躁，高尚的诚实化作滑稽的狡黠。我觉得，有一种真挚的激情将我引向这个恶作剧的男童，不可抵挡，我也痛苦地感觉到他的微笑不无嘲讽，他对我发自肺腑的请求毫不在意。我目睹自己的形象渐渐改变。无忧无虑的快乐消失了，取而代之的是伤感的苦闷和多情的羞怯。我多想同厄洛斯一道隐藏起来，让谁也瞧不见。我没有勇气直视他那刺伤的目光，只感觉自己备受羞辱。除了他，我再没有别的念头，为了使他摆脱恶习，我情愿付出自己的生命。我不得不拜倒在他的脚下，虽然他深深地伤害了我的一切情感。

“‘后来他出去浪游，躲开了我，虽然我流着热泪，恳求他留在我身边，从那以后，我一直到处追寻他。他好像就是要故意戏弄我。我刚要赶上他，他又狡猾地远走高飞了。他的弓箭处处留下祸患。我唯一能做的，就是安慰那些不幸的人儿，可是我自己本来需要安慰。她们的声音呼唤我，为我指引他走过的路，当我又不得不离开时，她们痛苦的哀怨深深打动我的心。录事怒不可遏地跟踪我们，并在那些可怜的中箭者身上发泄仇恨。那个神秘之夜的结果，便是一大群奇异的孩子，长得跟他们的外祖父一模一样，也取了他的名字。他们像父亲一样长着翅膀，始终伴随着他，折磨被他的箭射中的苦命人。可是你瞧，那边走来了欢快的队伍。我得去了；再会，可爱的孩子。他一走近，我就有了激情。祝你如愿以偿。’——金尼斯坦疾步赶去，厄洛斯继续前行，并未温柔地看她一眼。可是他亲切地转向寓言，他那帮小伙伴围着她跳起欢快的舞蹈。寓言很高兴又见到她的亲哥哥，她弹着古琴唱起一首愉快的歌曲。厄洛斯似乎陷入沉思，手中的弓掉到地上。小孩们在草地上睡着了。金尼斯坦终于可以抓住他，而他忍受着她轻柔的爱抚。最后厄洛斯的身体也晃动起来，他紧贴着金尼斯坦的怀腹，慢慢入睡了，这时他的羽翼铺开将她覆盖。疲惫的金尼斯坦快活极了，不转眼地盯着俊美的沉睡者。伴随着歌声，塔兰图拉毒蛛从四面八方赶来，在草茎上织出一张亮闪闪的网，然后随乐曲的节奏在蛛丝上爬行舞动。寓言现在安慰她的母亲，答应尽快帮助她。音乐在山岩间轻轻回荡，抚慰着沉睡的人们。金尼斯坦手持完整无缺的碗盏，向空中洒了几滴水，最美妙的梦儿便飘落下来，潜入沉睡者的脑海。寓言带上碗，继续她的旅程。她的琴声并未消歇，在迅速织成的丝线上，塔兰图拉毒蛛应和着魔幻的音符。

“她随即远远望见火刑堆上的熊熊烈火，一直升到绿色森林的上空。她悲伤地仰望苍穹，但又欢喜起来，当她看见索菲的蓝色披纱翻卷飘拂于大地之上，把这巨大的坟场永远罩住了。太阳高挂在天空，愤怒使得它像火一样红，烈火掠夺并吞噬着阳光，虽然太阳似乎拼命想留住光，它却渐渐变得苍白，黑斑越来越多。太阳越显得苍白，烈火便越加白炽，越加强劲。烈火越来越贪婪地把光吞入自身之中，环绕白昼之星的荣耀很快耗尽了，伴随着嫉妒和愤怒的每一阵新的冲动，逃逸的光波加剧爆发，此时那星辰只剩下一个黯淡的光盘悬在空中。最后太阳一无所余，一团燃尽的黑渣坠入大海。烈火闪耀，其光芒非言词所能形容。火刑堆逐渐衰弱。火焰缓缓升上高空，朝北方飘去。寓言步入庭院，那里一片荒凉；在此期间房屋已经坍塌。刺丛长进了窗台的脚缝，各种害虫爬满毁坏的楼梯。她听见房间里传来可怕的喧嚣；录事及其同伙刚刚幸灾乐祸地观赏了母亲被烈火烧死，但大吃一惊，他们望见太阳从天上坠落。

“他们想扑灭烈火，但只是徒劳，在这种场合中，自然难免有人受伤。疼痛和恐惧使他们发出可怕的诅咒和哀怨。当寓言走进房间时，他们更加惊恐，立即怒吼着朝她扑去，想在她身上发泄怒气。寓言轻轻闪到摇篮后面，抓她的人一下子冲进塔兰图拉毒蛛的网中，毒蛛正好报仇，咬得他们遍体鳞伤。这帮歹徒现在开始疯狂地舞蹈，寓言弹起一支快活的曲子替他们伴奏。她对一张张滑稽的怪相笑个不停，同时朝着祭坛的废墟走去，她刨开残渣，找到那道隐蔽的阶梯并走了下去，毒蛛紧随在她身后。司芬克斯问道：‘什么闪比电更迅猛？’——‘复仇。’寓言说。——‘什么消失得最快？’——‘不义之财。’——‘谁认识世界？’——‘认识自己的人。’——‘什么是永久的秘密？’——‘爱情。’——‘它睡在谁的身边？’——‘在索菲身边。’司芬克斯可怜地弯下了腰，寓言步入洞穴。

“‘我把毒蛛给你们带来了。’她对老姐姐说道，她们重新点燃了灯盏，正在勤奋工作。她们吓了一跳，有一个人手持剪刀朝她跑来，企图刺死她。但此人不小心踩到一只毒蛛，被它一口咬在脚上。她可怜地尖叫起来。其他人想过来救她，也被愤怒的毒蛛刺伤。现在她们无法对寓言逞凶，只好在周围狂蹦乱跳。‘你马上替我们，’她们冲着小妹怒吼，‘织好轻盈的舞衣。穿着僵硬的裙子，我们动都动不了，还热得快要昏死过去，但你必须用蜘蛛的毒液浸泡纺线，以免断裂，再把长在火中的花儿织进去，否则你必死无疑。’——‘乐意效劳。’寓言说，然后走进隔壁房间。

“‘我要给你们三个牢实的三角形结子，’她对一群圆蜘蛛说道，它们已经把薄薄的丝网粘接到天花板和四面墙壁上，‘但你们必须马上给我织成三件漂亮而轻柔的衣裳。要求织入的花儿，我也会立即送来。’圆蜘蛛准备好了，迅速地编织起来。寓言悄悄走向梯子，来到大角星身前。‘君王，’她言道，‘坏人跳舞，好人睡觉。烈火是否来临？’——‘它已来临，’国王说，‘夜已过去，冰在融化。我的夫人已在远方显现。我的敌人已被烤焦了。万物重新开始生活。我却还不能被人瞧见，因为独自一人我不是国王。你想要什么，请讲。’——‘我想要，’寓言说，‘长在火中的花儿。我知道，你有一个灵巧的花匠，擅长培植这种花儿。’——‘青克[①]，’国王喊道，‘把花给我们。’

① 这个名字的意思是锌。

花匠走出队列，取来一只盛满火焰的盆子，把闪光的种子撒进去。没过多久，花儿飞快长起来。寓言把花儿兜入围裙，随即返回。蜘蛛干得很卖力，一切就绪，只差把花儿缝上去，它们立即兴致勃勃地忙活起来，手脚都很麻利。寓言小心翼翼，以免扯断留在接缝上的线头。

“她把衣裳给疲惫的舞女送去，她们瘫倒在地，大汗淋漓，得歇上一阵，才能从极度劳累中恢复过来。她非常利索地替干瘦的美女脱掉裙子，她们却对小仆人不无鄙夷，然后，她给她们穿上新衣裳，缝制得相当漂亮，完全合身。更衣的时候，她们对她指手画脚，她却不停地称赞她们的美貌和可爱的性格，奉承的言语和精美的服装，使得老姐姐开心极了。现在她们终于缓过气来，又有了跳舞的兴致，于是欢快地旋转起来，同时口是心非地向小妹许愿，要赐予她长寿和丰厚的酬金。寓言回到房间，对圆蜘蛛说道：‘我送来缝制衣裳的三角形结子，你们现在只管将其咬碎。’蜘蛛被拖来拽去，早已忍无可忍，因为线头还在它们口中，老姐姐又疯狂地东窜西跳；于是它们爬了出去，向舞女发动袭击；她们想拿剪刀自卫，但寓言已经偷偷把剪子带走了。结果她们败给了饥饿的同行，蜘蛛好久没有品尝到如此可口的佳肴，把她们吸食得一干二净，连骨髓也没有剩下。寓言透过岩缝望出去，看见佩尔修斯①手持巨大的铁盾牌。这时剪刀自动飞向盾牌，寓言请求他，以此剪断厄洛斯的翅膀，然后用他的盾牌使姐姐们永生不朽，并且完成伟大的事业。

“现在她离开了地下王国，高高兴兴地登上大角星的宫殿。

“‘亚麻已经纺成线。没有生命的又丧了魂。有生命的将执掌权柄，塑造并使用无生命的。内在的将被开显，外在的被隐匿。帷幕即将拉开，大戏马上开场。我最后一次请求，然后我就编织永恒之岁月。’——‘幸福的孩子，’君王感动地说，‘你是我们的救星。’——‘我只是索菲的教子，’小女孩说，‘请你允准电气石、花匠和黄金陪我前往。我必须收存我养母的骨灰，那古老的驮负者必须重新屹立，好让地球重新飘浮，不再躺于混沌之上。’

“国王把三者都召来，指令他们陪伴小女孩。城市一片明亮，街上车水马龙。大海发出咆哮，波涛拍击着空洞的礁石，寓言带着伙伴，乘国王的御辇越海而去。电气石仔细收集飞散的骨灰。他们绕着地球前行，终于来到那古老的巨人身边，再从他肩膀爬下去。他似乎深受打击，人已麻痹，四肢都不能动弹。

① 希腊神话中的英雄。

黄金将一枚硬币塞进他嘴里，花匠又将一只盘子挂在他腰间。寓言抚摸他的双眼，倒空他额头上的容器。水流过眼睛进入口中，又漫过嘴唇淌进盘里，顿时一道闪电震颤划过全身的肌肉。他睁开眼睛，矍铄地站立起来。寓言朝着她的伙伴跳上升高的地球，亲切地向他道一声早安。‘你又来了，可爱的孩子？’老人问道，‘我可是一直都梦见你。我总是在想，地球和眼睛越来越沉重，几乎难以承受，但你会及时出现的。大概我睡了很长时间。’‘地球又变轻了，它对好人一直是这样轻，’寓言说，‘古老的时代正在复返。不久你又处在老熟人中间。我要替你编织快乐的日子，你也应该有一个帮手，这样你可以偶尔分享我们的快乐，在某个女友的怀中呼吸青春活力。我们古老的东道主在哪里，赫斯佩里得斯①？’——‘在索菲身边。她们的果园很快会再度繁荣，金苹果芳香四溢。她们到处巡视，采集多情的植物。’

“寓言离去，匆匆赶回家园。那里已成了一片废墟。常春藤爬满了墙垣。高高的灌木丛荫蔽着从前的庭院，柔软的苔藓给昔日的台阶铺上了一层垫子。她走进房间。索菲站在重新砌好的祭坛旁。厄洛斯躺在她脚下，一身甲胄，比往常更严肃、更高贵。一盏华

① 赫拉的金苹果的守护者。

丽的枝形吊灯挂在天花板上。地板镶嵌着彩色石块，形成一个环绕祭坛的大圆圈，祭坛由无比高贵的、意味深长的塑像构成。金尼斯坦俯身垂向一个长眠之处，不停地哭泣，那上面躺着父亲，像是在沉睡。虔诚和爱慕的神态益发衬托出她那如花的娇艳。寓言将骨灰坛递给圣洁的索菲，她温柔地拥抱寓言。

"'可爱的孩子，'她言道，'你的勤奋和忠诚为你在永恒的星辰之中赢得了一个位置。你选择了你身上那永生不朽的。长生鸟属于你。你将是我们生命的灵魂。现在唤醒新郎吧。'宣谕官高声喊道，让厄洛斯寻找并唤醒弗蕾亚。

"听见这番话，寓言喜不自胜。她召来她的伙伴戈尔登[①]和青克，走近长眠之处。金尼斯坦满怀期望，静观她们怎样开始。戈尔登熔化硬币，把一种闪光的潮水灌入父亲安息的容器。青克围着金尼斯坦的胸部盘出一根链条。躯体漂浮于颤动的波浪之上。'弯下身子，亲爱的母亲，'寓言叫道，'把手放到爱人的心上。'

"金尼斯坦弯下身子。她窥见自己的多重形象。链条触动潮水，她的手触动他的心；他苏醒过来，把惊喜的新娘拉到胸前。金属凝结，变成一个明亮的镜

---

① 这个名字的意思是黄金。

子。父亲站起身来，两眼灼灼放光，他的容貌固然俊美威严，但是他的整个躯体像是一种纯净的无限波动的液体，那么神奇地荡漾，而且变幻无穷，从中透露出每种印象。

“这对幸福的恋人走到索菲身旁，她向他们道出祝福的话语，又告诫他们，要时常向这面镜子讨教，因为它能反映万物的真相，消除每一个幻觉，永久保藏本真的图像。然后她捧起骨灰坛，将骨灰倒入祭坛上面的碗中。轻柔的嘶嘶声表明骨灰正在溶化，一阵微风拂过围观者的鬈发和衣裙。

“索菲把碗递给厄洛斯，他又传给别人。大家品尝这神圣的浆液，在自己心中隐约听见母亲深切的问候，感觉到说不出的喜悦。人人都觉得她此时就在身边，她的亲在如此神秘，似乎使众人变得超凡脱俗。

“期望实现了，而且超出了预想。众人都觉察到自己以往的缺陷，这房间成了福人们的栖居之处。索菲言道：‘伟大的秘密已向大家公开，而且永远深不可测。新世界正从痛苦中诞生，骨灰在泪水中溶化为永恒生命的浆液。人人心中都住着天国的母亲，以便永远分娩每一个孩子。在自己跳动的胸中，你们是否感觉到那甜美的诞生？’

“她把碗中剩下的浆液倾撒到祭坛上。大地深处震颤不已。索菲说：“厄洛斯，赶紧同你妹妹去你的爱人那里。你们很快会与我重逢。”

“寓言和厄洛斯带着各自的同伴迅速离去。一个强劲的春天在大地铺散开来。万物繁荣兴盛。地球罩着披纱飘游得更近了。伴随着欢快的喧阗，月亮和云彩缓缓移向北方。国王的城堡放射出绚丽的光芒，直到大海彼岸，国王站在城堡的雉堞旁，光彩夺目，身边是他的臣仆。他们望见四处尘土飞扬，其中仿佛呈现出一些熟悉的形象。他们遇到成群结队的少男少女，正朝着城堡拥来，向他们欢呼致意。有座山头上坐着一对刚刚醒来的幸福的情侣，陶醉于久违的拥抱，以为这个新世界只是一个梦，想方设法使自己确信，眼前的一切皆是美好的真实。

“花草树木生长起来，欣欣向荣。万物好像有了灵性，都在言说和歌唱。寓言处处问候老熟人。动物走近醒来的人们并且亲切致意。植物则用果实和芳香款待人们，将其打扮得无比美丽。没有一块石头还压在人的胸间，一切重负从自身内部崩塌，都成了坚实的根基。厄洛斯一行来到海岸。一艘精钢打制的轮船牢牢地系在岸边。他们登上船，解开缆绳。船首向着北方，轮船犁开抚爱的波浪，飞速航行。娓娓絮语的芦苇止住了迅猛的航船，船轻轻靠上海岸。他们疾步登上宽宽的石阶。爱情惊奇地欣赏这座京城，它是何等的富饶。宫廷里泉水喷射，又恢复了活力，林苑随着最甜美的乐音萌动起来，仿佛有一种神奇的生命在它灼热的树干和树叶中，在它闪耀的花朵和果实中喷发奔涌。老英雄在宫殿的大门前迎接他们。‘尊敬的老人，’寓言说道，‘厄洛斯需要你的剑。戈尔登给了他一根索链，一头伸进海里，另一头缠在他胸部。你要抓住我和索链，把我俩带入公主眠息的大厅。’厄洛斯从老人手中接过宝剑，剑柄当胸，剑尖前倾。大厅的双扇门猛然洞开，厄洛斯欣喜地走近沉睡的弗蕾亚。这时突然发出一道强烈的闪电。一串明亮的火花从公主飞向宝剑；宝剑和索链闪闪放光，英雄搀住小寓言，她几乎瘫倒在地。厄洛斯头盔上的花翎朝上飘荡。‘快扔掉宝剑，’寓言喊道，‘唤醒你的爱人。’厄洛斯丢下宝剑，疾步奔向公主，狂热地亲吻她甜美的嘴唇。她睁开那双大大的黑眼睛，一下便认出了爱人。一个长吻锁定了永久的缔合。

“国王从穹顶上走下来，手中牵着索菲。一列列星宿和造化的精灵尾随而至，光彩夺目。一个喜气洋洋的白昼充满了大厅、宫殿、城市和天空。无数人拥进宽敞宏伟的大厅，默默凝视这对恋人跪倒在国王和王后的身前，并接受庄严的祝福。国王从头上摘下王冠，套在厄洛斯的金发上。老英雄卸掉他的甲胄，国王将自己的大氅披到他身上，然后又将一枝百合花递给他的左手，索菲用一条珍贵的袖带缠住他俩紧握的手，同时将自己的王冠戴在弗蕾亚褐色的头发上。

"'祝老君王夫妇幸福，'民众高呼。'他俩一直住在我们中间，我们竟没有认出来！祝我们幸福！他俩将永远统治我们！你们也为我们祝福吧！'索菲对新王后说道：'你把你们结合的袖带抛到空中，好让民众和世界始终同你们连在一起。'袖带散裂于空中，大家随即看见人人头上都有一道光环，一条亮闪闪的带子伸向远方，越过城市、海洋和大地，大地欢庆一个春天的永恒的节日。佩耳修斯走进来，手上拿着一个纺锤和一只小篮子。他把篮子送给新国王并说道：'你剩下的敌人在这里。'篮子里面放着一块石板，上面画着黑白格子，旁边是一些棋子，由雪花石膏和黑色大理石做成。'这是一副象棋，'索菲说，'一切战争都已驱逐到这块棋盘上和这些棋子中。这就是蒙昧的旧时代的遗迹。'佩耳修斯转向寓言，把纺锤赠给她。'在你的手中，这个纺锤将使我们永远快乐，你将用你自身为我们编织一条永不断裂的金线。'长生鸟振翅飞到她脚下，在她面前展开双翼，让她坐上去，然后带着她飞越王座，再也没有停落。她唱起一首天国的歌谣，开始编织，于是金线仿佛从她胸中盘绕而出。民众陶醉于新的喜悦，所有的目光注视着这个可爱的孩子。又一阵欢呼从门外传进来。古老的月亮带着神奇的宫臣出现在大厅，在他的身后，民众高高托起金尼斯坦和她的新郎，好似凯旋。

“他俩身上缠绕着花环；国王全家怀着深情厚意迎接他们的到来，新国王夫妇宣布任命他俩为大地上的总督。

“‘请赐予我，’月亮说，‘命运女神的王国，它那些奇异的楼台刚刚从宫殿的庭院里拔地而起。我要请你们在那里观赏戏剧，尽情欢乐，小寓言可以为此助我一臂之力。’

“国王答应了他的请求，小寓言也友好地点了点头，民众对这种难得的娱乐消遣兴致勃勃。赫斯佩里得斯派侍者前来祝贺登基，并请求国王保护她们的苹果园。国王也让侍者转达问候，于是喜讯一个接一个地传来。在此期间，王座悄悄改变了形状，竟变成了一架华丽的婚床，长生鸟驮着小寓言飘游在婚床的天空上。三根深色斑岩女像柱支承着床尾，床头则安放在一个由玄武岩雕塑的司芬克斯身上。国王拥抱羞红了脸的新娘，民众都以国王为榜样，彼此亲吻拥抱。此时此刻，只能听见亲切的呼唤和接吻的耳语。最后索菲言道：‘母亲就在我们中间，她的亲在定会使我们永远幸福。请大家随我们一道去我们的住宅，我们将永远栖居在那里的神庙之中，永远保守世界的秘密。’寓言殷勤编织并放声高唱：

永恒之国终于建成，
纷争止于爱情与和平，
漫长的痛苦之梦已经过去，
索菲永远是心灵的祭司。”

第二部
实　现

修道院或前院

阿斯特拉利斯

在一个夏天的早晨我成了少年；
那一刻我初次感觉到
我生命的脉搏——当爱情
沉入更深的喜乐，
我渐渐苏醒，每时每刻
对更亲密的完整的结合
我的要求愈加迫切。
情欲是我的存在的生殖力。
我是中心，神圣的源泉，
每种渴望由此滔滔涌出，
每种渴望，破裂为繁多，
又在此静静地汇合。
你们不认识我，会看见我形成。——
你们不是见证人，当我还是
夜游者在那个愉快的傍晚
第一次遇见自己？一股甜蜜的热浪
难道不会向你们袭来？——

我完全沉醉在蜜一般的花萼里；
我散发芳香，花儿无声摇曳
在金色的晨风里。一种内在的涌泉，
我是一种轻柔的喷发，万物纵横
流过我并悄悄提升我。
那时第一粒花粉沉入草皮，
至今回想着圣餐结束后的亲吻。
我涌回我自己的潮流里——
一道闪电——这时我已能活动，
让娇嫩的纤维和花萼运动，
当我开始自己，思想迅捷
飞向尘世的感觉。
我还看不见，但明亮的星星摇晃
穿过我的本质的神奇远方，
无一在近旁，我只从远处找到自己——
像未来，又像古老的过去。
发源于爱情、预感和悲伤，
知觉的成长只是一种飞翔，
当情欲点燃我体内的火种，
我同时也充满至高的悲痛。
繁荣的世界环绕着闪亮的山冈，
先知的语言化成了翅膀，
亨利希和玛蒂尔德不再孤单，

二者结合为一个图案。——
获得了新生我向着天国飞升，
尘世的命运已告完成
在这极乐的神化瞬间，
时间丧失了它的特权，
是它出租的，它要索还。

新世界突然来临，
使最明亮的阳光蒙上了阴影，
人们现在看见奇异的未来
从长满苔藓的废墟中放射光彩，
从前寻常的事体
如今显得陌生而神奇。
一在一切中，一切在一中，
上帝的形象在野草和岩石上，
上帝的灵在人和兽之中，
这些必须记在心上。
再没有合乎时空的秩序，
这里的未来寓于过去。
爱的王国已经开启，
寓言开始幻想玄思。
万物重温泰初的游戏，
每个都寻思遒劲的话语。

于是伟大的宇宙之情
活动无涯，绽放无尽。
一切必须环环相扣，
一个靠另一个生长和成熟；
当每一个与一切融为一体，
急欲沉入一切的深底，
使自己独特的本质生意盎然，
并获得千万个新的观念，
方可在一切中自我拥有。
宇宙化为梦，梦化为宇宙。
那一切，人们确信早已发生，
却又能看见正从远方来临。
这才该想象自由驰骋，
凭自己的喜好引线穿针，
有些须掩饰，有些要展开，
最终全卷入魔幻的雾霭。
悲情与快感，死亡与生存，
在此吻合，密不可分——
一旦为最高的爱付出自己，
爱的创伤将永不痊愈。
那条纽带不得不痛苦地崩断，
因为它缠绕着心灵的慧眼，
最忠贞的心也难免孤单，

只要它逃离这混沌的人间。
肉身将要被化为泪珠，
世界变成无边的坟墓，
惶恐的渴望把心燃尽，
心已成灰撒入坟茔。

※ ※

一条狭窄的小径蜿蜒伸向山里，一个朝圣者沉思着独自前行。晌午已经过去。呼啸的风刮过蓝色的天空。风声模糊而又变化多端，刚刚传过来又隐约飘散了。风儿也许飞过了童年的乡土？或者飞过别的有言语的地方？这正是那些声音，它们的回声在内心深处久久飘荡，可是这朝圣者似乎不认得它们。现在他已到达山中，他希望在此找到旅途的终点——希望？——他早就对什么都不抱希望了。巨大的畏惧，还有极度绝望中的枯竭冷漠，驱使他前来见识大山里蛮荒的恐怖。各种内心势力的毁灭性的冲突，在艰辛的旅途上渐渐平息下来。他很虚弱，但沉静。当他坐到一块石头上，回头望去，仍未看见什么在周围慢慢麇集起来。他觉得自己正在做梦，或是刚做完一场梦。一道望不尽的美景恍惚展现在他的眼前。他突然悲痛万分，随即泪流满面。他情愿在恸哭中化入远方，就连他的存在也不留下一丝痕迹。随着剧烈的抽泣，他好像又恢复了知觉；欢畅的轻风穿透了他的身体，他又感觉到世界的存在，从前的念头开始絮语，给他带来安慰。

奥格斯堡躺在那里，一座座塔楼耸立。在视线可及的远方，那条可怕又神秘的河流像镜子一样闪闪发光。莽莽树林斜身倾向浪游者，神态庄重却又不无慰藉，锯齿形的山脉如此凝重地偃息于平原之上，二者似乎在言语："快些吧，河流，你无法逃脱我们——我要随鼓翼的船儿跟着你。我要折断你，挡住你，把你吞进我的怀腹。信赖我们吧，朝圣者，它也是我们的敌人，是我们自己繁衍的——就让它带着它所掠夺的一切飞奔吧，它无法逃脱我们。"

可怜的朝圣者想起过去的时代及其难以言表的喜乐——可是这些珍贵的回忆多么暗淡，一闪而过。宽宽的草帽遮住了一张青春的面孔。它很苍白，像一朵黑夜之花。年轻生命的香膏蜜汁化作了泪水，潮水般的生命气息化为深深的哀叹。一切生命色彩都颓败了，只剩下一片骨灰般的惨白。

旁边山坡上，好像有个僧侣跪拜在一棵古老的橡树下。"莫非是那位年老的宫廷神甫？"他暗自思忖，却并不怎么诧异。他越走近僧侣，便觉得他越发高大而异样。现在他发现自己看花了眼，那只是一块岩石，橡树倾垂到石上。他心中感动，抱住岩石，把它紧紧贴在胸前并放声恸哭。“啊，但愿你的话现在就应验，愿圣母在我身上显灵！我真的是万分悲苦，完全被遗弃了。没有一个圣徒住在我的沙漠里，可以为我做祷告？此时此刻，可敬的神甫，你就为我祈祷吧。”

他这样想着时，橡树开始颤动。山岩发出低沉的隆隆声，好像从地下深处清晰地传来一首歌谣：

她心中充满欢喜
只觉得喜乐无穷
不知何为悲戚
将孩子抱进怀中。

她亲吻他的面孔，
从嘴角直到眉梢，
模样俊美的男童
也将她深情拥抱。

这歌声好像带着无限的欢情，歌词重复了几遍。一切又平静下来，此时，惊奇的朝圣者听见有人从树中说道：

“如果你向我表示敬意，用你的琉特弹奏一首歌曲，一个可怜的姑娘就会悄然而至。你把她带上，别让她离开你。当你到了皇帝身边时，不要忘记我。我给自己选中了这个地方，好同我的孩子在此栖居。你要叫人为我盖一座坚固而温暖的房子。我的孩子已经战胜了死亡。你别忧伤——我在你身边。你还要在尘世待一阵子，但那姑娘会安慰你，直到你也死去并分享我们的喜乐。”——“这是玛蒂尔德的声音。”朝圣者叫道并跪到地上，好做祷告。这时候一道长长的闪光穿透树枝，射向他的双眼，他透过闪光，望见远方有一处小小的奇景，非言辞所能形容，丹青妙手也无法摹仿。那是一些美轮美奂的形象，至深的欢情和喜悦，是的，那里面处处可窥见天堂的福乐，就连没有生命的器皿、柱廊、地毯、装饰品，总之可以看见的一切，都不是人工制作的，而是像一株多汁的香草，似乎由自己的情欲萌发，生长并聚在一起。最美丽的人物漫游于景物之间，他们彼此显得极其亲切友好。前面站着朝圣者的恋人，看样子是想跟他谈话。可是什么也听不见，朝圣者只是怀着深深的渴望，凝视她那娇媚的模样，而她亲切地朝他微笑示意，把手放到自己左胸上。这副神态使他深感安慰，心情舒畅，他还久久沉浸在极乐狂喜之中，这时眼前的景象又突然消失了。那道神圣的闪光扫除了他心中一切痛苦和烦恼，他的心灵又变得纯净轻松，他的精神自由而欢快，像从前一样。什么也没有留下，除了内心深处一种沉寂的真挚的渴求，一种忧郁的旋律。但是，孤独的巨大痛苦，一种难以诉说的损失的辛酸悲伤，黯淡的可怕的空虚，尘世的软弱无能，统统消隐了，朝圣者发现自己又处在一个充实的意味深长的世界之中。声音和语言在他那里又变得活泼，他觉得现在一切都比从前更加熟悉，更能预言未来，以至于他感觉到死亡的出现，像是生命的更高的开显，怀着孩童般的欢喜的感动，他审视自己迅速消逝的存在。未来与过去在其中相互触及，结成了一个紧密的联盟。他远远处于当下之外；这才发觉世界的珍贵，当他失去了世界，发现自己不过是世上的陌生人，还需要片刻光阴穿越尘世那些宽敞的、五彩缤纷的大厅。傍晚来临，地球躺在他面前，如一座古老而可爱的房舍，遥远的离别之后，他似乎又找到了故居。无数的回忆渐渐变得清晰。每块岩石、每棵树、每道山坡都要重新辨认。每个事物都是一段古老历史的见证。

朝圣者弹起他的琉特并唱道：

爱的热泪，爱的烈火，
快交汇融合；
使这些美妙的地方变得神圣，
天堂已在此为我显现；
环绕这棵树像蜜蜂飞旋，

虔诚的祷告永不停顿。

树已承纳她并充满欢欣，
当爱人来临，
用身体为她挡风蔽雨；
往后她将在她的花园中
替它浇水，替它除虫，
用它的碎片创造奇迹。

就连山岩也已倾垂，
被欢乐陶醉
拜倒在圣洁母亲的脚下。
就连岩石也饱含虔诚，
人又怎能不热泪纷纷，
将一腔鲜血为她抛洒？

受煎熬的人必定赶来，
在这里跪拜，
众人终将在此痊愈。
谁也不再继续哀怨，
每一个人都开心欢言：
我们已告别悲苦的过去。

高高耸立肃穆的墙垣
在峰顶山巅。
山谷之中人们将呼唤，
当最沉重的时刻来临，
没有一颗心受怕担惊，
只沿着那些石阶登攀。

上帝的爱人，上帝的母亲，
这忧伤的人
告别尘世，他神采奕奕。
永恒的善良，永恒的慈恩，
你就是玛蒂尔德，我深信，
哦！你是我沉思的终极。

即或我没有冒昧地问你，
你也会告知，
我与你重逢当在何时。
我仍然乐意尽我所能
赞美奇迹在尘世发生，
直到你把我抱入怀里。

古老的奇迹，未来的时代，
罕见的情爱，

愿你们长留在我的心中。
这地方我永不忘记，
光的神圣的潮水
终于卷走了痛苦的噩梦。

歌唱的时候，他什么也没有察觉。可是他一抬头，却看见一位年轻的姑娘站在他身边，倚着岩石，她亲切地问候他，好像他是一个老熟人，并且邀请他一道去她的住宅，她已经在家里为他准备好了晚餐。他温柔地把她抱入怀中。她的言谈举止和整个人都让他感到亲近。她请他稍候片刻，走到那棵橡树下，带着难以形容的微笑朝上望去，再从围裙里把许多玫瑰花撒到地上。她静静地跪在旁边，但很快又站起身来，领着朝圣者往远处走去。“谁向你谈起过我？”朝圣者问道。“我们的母亲。”“你的母亲是谁？”“上帝的母亲。”“你在这儿多久了？”“自从我走出坟墓。”“你已经死过一次？”“否则我怎能有生命？”“你独自生活在这里？”“家里还有个老人，但我认识许多活过的人。”“你喜欢留在我身边吗？”“我就是喜欢你。”“你是怎么认识我的？”“哦！从古代；我从前的母亲也老是对我谈起你。”“你还有一个母亲？”“是的，但她俩本是同一个。”“她叫什么名字？”“马利亚。”“谁是你的父亲？”“封·霍恩措伦伯爵。”“我也认识他。”“你肯定认识他，因为他也是你的父亲。”“可是我父亲在埃森纳赫。”“你有许多父母。”“我们究竟去哪里？”“永远在还乡。”

他们现在来到树林中一个宽阔的场地，上面有几座倾圮的塔楼，立在深深的坟茔后面。青青的灌木丛盘绕着古老的墙垣，好似青春的花环挂在一位白发老人的头上。人们打量灰蒙蒙的巨石、闪电似的壁缝和高耸的阴森的造型，就好像窥见了那些渺不可测的时代，眼前浮现出最久远的历史，由无数细小而闪亮的时刻串连起来。天宇也是这般向我们展示无限的空间，像数不清的乳色的微光，罩着深蓝的袍子，如童子的脸蛋一般纯洁，这便是天宇的最遥远的众军，由沉重而恢宏的世界汇聚而成。他俩穿过一条没有大门的古老的通道，朝圣者感到惊讶，他发现自己现在置身于非常罕见的树丛中，在这片废墟下面，竟然隐藏着一座无比美妙的花园。花园后面有一座石头小房子，窗户宽大明亮，建筑样式倒很新颖。那里站着一位老人，在阔叶灌木丛后面，他把摇晃的枝条绑到木棍上。女伴把朝圣者带到老人身旁并说道：“他就是你常向我打听的亨利希。”老人朝他转过身来，亨利希觉得眼前便是那位矿工。“你见到了西尔维斯特[①]大夫。”

① 这个名字的意思是除夕。

姑娘说。西尔维斯特很高兴同他见面并对他说："我见到你父亲时，他也是这么年轻，那已是很久以前的事儿。当时我费了不少心思，好让他熟悉太古时代的宝藏，一个过早逝去的世界的珍贵遗产。我发现他具有一个伟大的雕刻艺术家的天分。他那双灵活的眼睛急欲变作一双真正的眼睛，一件创作的工具。他的神态证明了内心的坚定和执著的勤奋。但是，现实世界已经在他身上深深扎下了根。他不愿意关注自己最本真的天性的召唤，在他的祖国，天空阴郁而严酷，摧折了他身上那棵最高贵的植株的嫩尖。他成了一个灵巧的手艺人，激情在他看来不过是痴迷。"

"我常常清楚地察觉，"亨利希答道，"他心中闷闷不乐，这令我痛苦。他不停地工作，但只是习惯使然，而非出于内心的兴趣。他似乎缺少了什么，但这并不能用他所拥有的来替代：平静安宁的生活，舒坦的日子，受人尊敬和喜爱的快乐，以及在一切市政事务上出谋划策的荣誉。他的熟人以为他十分幸福，但他们并不知道，他对生活多么厌倦，他常常觉得世界多么空虚，他多么渴望摆脱自己的处境，而且他如此勤奋地工作，不是出于职业兴趣，而是为了驱散这种情绪。"

"最令我惊讶的是，"西尔维斯特接口说道，"他把教育您的事完全交给了您的母亲，从不让自己干预您的发展，或督促您从事某个特定的职业。您可以自由成长，从未受到父母的任何限制，对此您应该感到庆幸，因为绝大多数人只是一场盛宴的残余，不同口味的食客已几乎将其洗劫一空。”

“我自己也不知道，”亨利希答道，“教育是什么，如果它不是我父母的生活及感觉方式，或是我的老师宫廷神甫的教导。我父亲的思维方式相当冷静，也非常刻板，他把一切事情都看成铁板一块，像是一件手艺活，尽管如此，他似乎对一切不可理解的更高的现象，暗暗怀有一种敬畏，一种对上帝的畏感，当然这是不自觉的，他自己并未意识到，因此，他也是以自我否弃的谦卑态度去观察一个孩子蓬勃成长。一个灵魂在此活动，它刚刚出自那无限的源泉，这种感觉——一个孩童在一切至高无上的事物中也是出类拔萃的，这种挡不住的念头——在这个纯洁的生命起步之时给予更细心的引导，它现在刚要踏上一趟危险重重的旅程，还有一个神奇世界的烙印，尘世的潮汐尚未使之辨认不清，最后是勾起了自己对那段神话般的时光的回忆，那时候我们觉得世界更明亮、更亲切、更奇异，预言之神几乎清晰可见地陪伴着我们，正是这一切使我父亲能够对孩子那么虔诚，那么谦和。”

“我们坐到草地的长凳上去，四周都是鲜花，”老人打断了他的话，“晚餐准备好了，齐亚娜会叫我们的，是否可以请您继续为我讲述您过去的生活。我们老年人最喜欢听别人童年的经历，我觉得，仿佛您让我嗅到一种花香，那是我童年以后再也没有闻到过的。不过您先要告诉我，您有多喜欢我的隐居处和我的花园，因为这些花儿就是我的女友。我的心在这个花园里。您所见到的一切，无不爱我并为我所爱。我在这里，是在我的孩子们中间，我觉得自己像一棵老树，这些快活的少年从树根发芽生枝。”

“幸福的父亲，”亨利希说，“您的花园就是世界。废墟是这些兴旺的孩子的母亲。五彩缤纷、生机勃勃的受造物从逝去的时代的瓦砾中汲取养分。但母亲必须死去，好让孩子们欣欣向荣，而父亲泪水长流，独自留守在她的墓旁？”

西尔维斯特向抽泣的年轻人伸出手去，然后站起来，为他采了一束刚刚开放的勿忘我，把花儿扎在一根柏树枝上递给他。废墟的那一边长着一片松树，晚风拂动树梢，一阵阵低沉的松涛声传了过来。亨利希把沾满泪水的脸埋下去，紧贴善良的老人的脖颈，当他重新抬起头时，熠熠闪亮的金星正好从树林后升起来。

一阵沉默之后，西尔维斯特开口言道：“可惜我没能在埃森纳赫见到您和您的游伴。您的父母，杰出的女侯爵，您父亲的诚实的邻居，还有年老的宫廷神甫，他们组成了一个美好的社区。他们的言谈肯定对您早年产生了影响，尤其因为您是唯一的孩子。在我的想象中，那地方也是相当优美，非同寻常。”

“从我离开家园，见过许多别的地方以后，”亨利希答道，“我才真正认识自己的故乡。每株植物、每棵树、每座丘陵和山冈都有自己特别的视野和独具的区域。后者隶属于前者，前者的构造和整个特性则可从后者得到解释。只有动物和人类能够达及一切区域；一切区域都是属于他们的。这样一切便合成了一个巨大的世界区域，一个无限的视野，它对人类和动物的影响清晰可见，一如狭小的环境对植物的影响。因此，四处旅行的人、候鸟和走兽与众不同，显示出特别的智力与其他奇异的才能和特性。当然，这些世界范围及其多样的内容和秩序，对他们影响不同，造化各异，他们之间肯定也有能力大小之分。就人类而言，大概有些也缺少必要的专注和定力，因此不能适当地观察各种对象的变换与归类，进而对此做出思考和必要的比较。现在我常常感觉到，我的故乡怎样给我最早的思想悄悄抹上了永不消逝的色彩，故乡的影响已成为对我心灵的一种奇异的暗示，我越是深刻认识到，命运与心灵乃是一个概念的两个名称，我便越多地猜出暗示的涵义。”“当然对我而言，”西尔维斯特说，“一个地方生机勃勃的大自然和活跃的表层，始终具有最大的影响。尤其对各种植物，我观察得非常仔细，从不感到厌倦。花草树木就是土地的最直接的语言；每片新生的叶子，每朵奇特的花儿皆是一个引人注目的秘密，可是这秘密虽饱含爱情和情欲，却不能动弹，也不能言语，因而化作一个沉寂平静的植株。若是在寂寥之时发现一朵这样的花儿，谁能不觉得，周围的一切仿佛异彩纷呈，那些飞旋的小光点最喜欢盘留在花的近旁。他想为欢乐而恸哭，远离了人世，他只想把双手和双脚插入泥土，好在此生根，永远不离开这些幸福的芳邻。这块翠绿的、神秘的、爱情的地毯飘过了整个干枯的世界。年年春天它都焕然一新，它那奇异的文字只有它所爱的人才能解读，一如东方的花束。他将永远读下去，怎么也读不厌，每天都能领会挚爱的大自然的新的意蕴，愈加令人欣喜的新的启示。对我而言，这种无尽的享受正是走遍大地所具有的隐秘的刺激，因为每个地方都为我解开不同的谜，让我一点一点地猜出，道来自何处又去向何方。”

“是的，”亨利希说，“我们一开始就谈起童年，谈起教育，因为我们刚才在您的花园里，回忆起昔日的花卉，便不知不觉地将童年的本真的启示，纯洁的花的世界引回到我们的记忆中和嘴边。我父亲也酷爱花园里的生命，他一生最幸福的时光就是在花丛中度过的。这也肯定是他对儿童如此好奇的缘故，因为花与儿童一模一样。我们发现，无限生命的丰盈的财富，较晚的时代的强悍势力，世界终结的荣耀和万物的金色未来，在此依然紧密地交织在一起，但最最清晰的则是，一切正变得娇嫩年轻。全能的爱已经萌芽，但还未燃烧起来。它不是吞噬一切的烈火；它是一种逸散的芳香；温柔的心灵虽然结合得如此紧密，但不曾随之引发剧烈的躁动和吞食的激狂，如像在禽兽那里。所以童年首先在内心深处依附于大地，与此相反，云彩也许是第二个更高的童年即重新找到的乐园的显现，因此化作露水，友善地洒向大地。”

“云彩中一定有某种十分神秘的事体，”西尔维斯特应道，“某个族类对我们常有一种极其神奇的影响。云彩随清凉的影子飘然而至，欲将我们带离此间，如果说云的形态绚丽迷人，好似从我们心中逸散的愿望，那么云的澄明，那主宰大地的庄严的光，就像是某种未知的不可言说的荣耀之预兆。但是也有森严可怕、阴云密布的时候，古老的黑夜的一切恐怖似乎穿透了云层，咄咄逼人。天空似乎不欲转晴，欢欣的蓝光已被扫荡一空，笼罩的乌云泛出惨淡的赤铜色，令人人胸中生出恐惧。尔后，当毁灭的闪电抽搐划过，夹着讥讽的笑声，惊雷轰隆隆地劈下来，我们顿时深感震撼，惶惶不安，若是此时我们心中还没有憬悟到天上的道德主宰，那么，我们准以为自己陷身于阴森的地狱，落入恶魔的手中。

“这是古老的、没有人性的本性之余响，但也是更高的本性，即我们心中神性的良知唤醒我们的声音。那必死的在自己的根基处咆哮轰鸣，但永生不朽的开始更明亮地照耀，开始认识自己。”

“可是何时，”亨利希问道，“在宇宙中才绝不再需要恐怖和痛苦，不再需要苦难和邪恶？”

“当只有**一种**力量之时——良知的力量。——当本性变得贞洁和道德之时。只有**一种**恶之原因——普遍的**弱点**，而这个弱点无非是缺少道德上的敏感和缺乏自由的魅力。”

“可是请让我明白良知之本性。”

“若是我有此能力，我便是上帝，因为一个人明白良知之时，良知就产生了。您能让我明白诗艺的本质吗？”

“某种个人性的事体难以盘根究底。”

“所以，探究至高的不可分性之奥秘，更是难上加难。音乐可以解释给聋子听吗？”

“这就是说，感觉或可分为它所开启的新世界本身？除非拥有一个实事，人们才能理解它？”

“宇宙裂散为无穷无尽的世界，它们总是又被较大的世界所包含。一切感觉最终是**一种**感觉。**一种**感觉如一个世界逐渐导致一切世界。但是，一切皆有其时间，有其方式。只有宇宙的位格才能洞察我们这个世界的情形。很难断言，我们能否在我们肉体的感觉局限之内，确实以新的世界拓展我们的世界，以新的感觉拓展我们的感觉，抑或我们的认识的每个增长，每个新获得的能力是否只能算作我们当下的世界感觉的逐渐完善。”

“二者也许是一回事，”亨利希说道，“我所知道的仅仅限于：对我而言，寓言乃是我的当下世界的总工具。甚至良知，这种造就感觉和世界的强力，这种一切个性之胚芽，在我看来就像是宇宙诗的精神，就像是那永恒的浪漫的聚会即无限变化的总生命之偶然事件。”

“可敬的朝圣者，”西尔维斯特答道，“良知出现在每个真诚的完成中，在每个已被塑造的真理中。通过反思而被改塑为世界图像的每种倾慕和技艺，都将成为良知的显现和良知的转化。一切塑造皆引向此者，人们只能将其称作自由，当然以此所表示的不是一个单纯的概念，而应是一切此在的创造性的根基。这种自由即是高超的技艺。大师根据目的并按确定和稳妥的顺序来行使自由的权力。他的艺术对象从属于他，为他所喜爱，但他并不被它们束缚或限制。恰恰这种涵盖一切的自由、技艺或主宰，才是良知的本质和本能。个人的神圣特性与直接创造在此本质和本能中显露出来，大师的每个行动同时是那个崇高的、单纯而非复杂的世界的开显——上帝之言。”

“这就是说，从前如我所思被称之为道德学的，也只是宗教，作为科学，也就是所谓最本真意义上的神学？只是一种法规，而此法规与敬神的关系，正如本性之于上帝？一种立言，一种思维结果，它指称并表现上界，而且在某个塑造的阶段代表上界？是那种有关认知及评价能力的宗教，也是解除并规定一个个人的一切可能的关系的判决和法律？”

“良知当然是，”西尔维斯特说，“每个人天生的中介。它代替上帝在世上的位置，因此对于许多人，它便是最高的和最终的。然而，迄今为止的那门科学，人们称之为道德学或伦理学，与这种崇高而广博的个人观念的纯粹的形态，二者相差何其遥远。良知是人类最固有的沐浴着神光的本质，是天堂般的原人。它不是这个或那个，它不是以普通的判决发号施令，也不是由个别的道德所构成。只有一种道德——纯粹的真诚的意志，它在紧要关头当机立断，做出抉择。凭借活泼和独特的不可分性，良知寓居于人的肉体这个温柔的象征之中并使之充满灵气，它能使一切精神的肢体投入最真实的活动。”

“哦！杰出的父亲，”亨利希插言，“您的言语放射出光芒，这光使我充满喜悦。也就是说，真正的寓言精神其实是道德精神的一种令人喜爱的装饰，而从属的诗艺的本来目的，是要使最高的、最独特的此在活灵活现。令人惊奇的自我性就在一种真实的歌与一种高贵的行之间。在一个平淡无奇的世界上，悠闲的良知将化作引人入胜的交谈，化作讲述一切的寓言。诗人生活在这个太古世界的廊厅和殿堂里，道德则是他在尘世的活动和影响之精髓。正如道德是在人们中间直接起作用的神性，是更高的世界的神奇反光，可以说寓言亦然。现在，诗人可以极有把握地追随他所获得的灵感，若是他也有一种更高的超凡的感觉，那他当能追随更高的族类，并怀着儿童的谦卑献身于自己的使命。更高的宇宙之音也在他心中言说，以魔幻的咒语召唤他进入更可喜更熟悉的世界。宗教对道德意味着什么，灵感之于寓言学亦然，如果说启示的故事留存在《圣经》里面，那么在寓言学中，一个更高的世界的生命则是以多样的方式在奇迹般诞生的诗歌中反映出来。寓言与历史有着最密切的关系，二者以最奇异的打扮，在最曲折的小径上结伴而行，《圣经》与寓言学乃是一种公转之星座。”

“您讲得完全真实，”西尔维斯特说，“现在您大概明白了，整个自然全靠道德精神而存在，而且应该变得日益坚贞。在尘世的环抱以内，这种精神不啻是点燃一切、激活一切的光。从星空——宝石王国的那座崇高的大教堂，直到五彩的草原这绒绒的地毯，万物都靠它维持，靠它同我们连接起来，得以被我们理解，无限的自然史那未知的前程也靠它继续引导，直至神境。”

“是的，刚才您已将道德与宗教联系起来，在我看来十分精辟。经验和尘世的作为所包含的一切，构成了良知的领域，而良知将这个世界与更高的世界结合在一起。由更高的感觉产生了宗教和某种事体，它起初似乎是我们最内在的天性的莫名其妙的必需品，一种没有确定内容的至高法则，现在正变成一个神奇的、本乡的、无限繁复和完全令人满足的世界，变成一切福人在上帝之中的一个同盟，如此紧密，不可思议，变成那个最具个性的存在者、或其意志、或其爱在我们最深的自我之中可以聆听的施予恩宠的亲在。”

“您纯洁的心灵使您成为先知，”西尔维斯特答道，“对于您，一切将变得可以理解，世界及其历史将化作《圣经》，只要您以《圣经》为显例：宇宙可以怎样以简单的言语和故事公开出来；当然并非直截了当，而是间接通过激发并唤醒更高的感觉。

“探索自然将我引向何方，语言的兴趣和灵感也将您带往何方。艺术和历史教我认识了自然。我的父母住在西西里岛，靠近闻名于世的埃特拉火山。一座舒适的房子，是老式的建筑风格，古老的栗树荫蔽四周，紧靠费尔西纳海岸；还有一个长满各种植物的花园，以房子做点缀，那里就是他们的家园。附近搭了许多茅棚，里面住着渔夫、牧民和种植葡萄的人。我们的房间和地窖里应有尽有，可以维持生活，而且使之富有情调，在井井有条的劳作中，我们的家用器具即使对那些隐秘的感觉也是亲近可爱的。此外也不缺乏各种各样的事物，观察并使用它们，可以使心灵超越寻常的生活及其需求，仿佛让它为达到一种更适宜的状态而预先准备，向它允诺纯粹享有自己饱满而独特的天性，并且予以实现。还可以看见石头雕像，绘有故事的容器，刻着最清晰的图案的较小的石块，以及更多的其他器物，大概都是已往更令人愉悦的时代遗留下来的。壁洞里堆满了羊皮纸书卷，上面写着一行行长长的文字，以优美古雅的言辞记载着那段过去的知识和思想、故事和诗歌。作为一名出色的星相家，父亲为自己赢得了声誉，这也给他招来了许多登门求教的访客，甚至来自相当偏远的地方，因为人们觉得，预知未来是一种十分稀奇宝贵的才能，所以他们认为必须好好地报答对其命运的测算，我父亲于是收到不少赠礼，积攒了一笔财富，过上舒适享乐的生活并足以承担巨大的开销。”

蒂克关于续篇的报道

作者没有继续写完第二部的撰写工作。如同第一部取名为《期望》，他给第二部拟定的标题是《实现》，因为前者让人预感到的一切，都应该在此予以澄清和实现。诗人的计划是，完成《奥夫特丁根》之后再写六部长篇小说，他准备以此记述自己的想法，分别关于物理学、市民生活、行为、历史、政治和爱，就像《奥夫特丁根》是以诗为主题。用不着我提醒，熟悉背景的读者也会发现，在这部诗篇中，作者并未严格限制于那位著名的宫廷抒情诗人所处的时代和他本人，虽然一切都令人回想起他和他的时代。作者未能结束这部小说，而它的独创性和伟大的意图也许将在第二部中充分表现出来，或更甚于第一部，这不仅对他的朋友，而且对艺术本身都是一个无法弥补的损失。因为在他看来，他的创作不是为了描述这个或那个事件，理解诗的一个方面，并通过人物和故事对此加以解释，而是旨在道出诗的真正的本质，澄清诗的最内在的目的，如像第一部的末章也已经对此作出明确的暗示。自然、历史、战争和市民生活，连同其最寻常的事件都将化作诗，因为诗正是那种激活一切事物的精神。

在此我想作一个尝试，根据从我的朋友的谈话中所能回忆的，以及从他的遗墨中所能读到的，让读者大致了解这个作品第二部的计划和内容。

诗人已经在核心上把握了他的艺术的本质，在他看来，没有什么是矛盾和陌生的，他觉得谜已破解，凭借想象之魔力，他能将一切时代和世界联系起来，奇迹在消失，而一切正化为奇迹：所以这本书被创作出来，尤其在结束第一部的那篇童话中，读者可以发现最大胆的联系；在此，一切区别均已消除，而已往正是由于这些区别，各个时代似乎才彼此分隔开来，一个世界才敌视另一个世界。诗人主要想以这个童话过渡到第二部，在那里，历史不断由最寻常的事物转化为最奇妙的事物，二者相互解释，相互补充；吟诵序诗的神灵应该在每一章之后再次出现，继续发展对事物的这种界定，这种神奇的观点。借助于这个方法，不可见的世界与这个可见的世界便处于永久的联系之中。这个言说的神灵就是诗本身，但同时是恒星人——亨利希与玛蒂尔德拥抱的产物。下面这首诗应该出现在《奥夫特丁根》之中，作者在此不着痕迹地表达了他的作品的内在精神：

如果数字和图形不再是

一切造物的钥匙，
如果歌唱或亲吻的人们
学识比大师还精深，
如果有一天世界必定
回归到自由的生命，
如果那时光与影重新
合为纯粹的澄明，
如果人们从童话和诗句
认识真实的世界历史，
于是整个颠倒的存在
随一句密语飞逝。

与亨利希谈话的园丁正是那位老人，他曾经接待过奥夫特丁根的父亲，名叫齐亚娜的年轻姑娘不是老人的孩子，而是霍恩措伦伯爵的女儿，她来自东方，虽然那时很小，但她还能回忆起故乡，她是在山里由她去世的母亲养大的，在那里度过了一段美妙的岁月。她很早就失去了一个哥哥，有一次在一个地下墓室，她与死亡近在咫尺，但就是在这里，一位老医生以离奇的方式把她从死神手中抢救回来。她快乐而友善，对神奇的事物十分熟悉。她向诗人讲述他自己的历史，仿佛是她以前从母亲那里听来的。——她把他送到一个偏僻的修道院，里面的僧侣像是一种幽灵的族群，这里的一切就像一个神秘的、充满魔力的共济会集会。他们是年轻的心灵中圣火的祭司。他听见远处传来兄弟们的歌声；在教堂里面他产生了一种幻觉。亨利希同一位年老的僧侣谈起死亡和魔法，对于死亡和智者的宝石，他有一些预感，他探访修道院的花园和教堂的墓地；从墓地的上空传来了下面这首诗：①

这首诗也许又是引向第二章的序诗。作品的一个全新的阶段应该由此开启，最高的生命应该从最沉寂的死亡中凸显出来；他已在死者中生活过，亲自同他们交谈过，作品应该变为近乎戏剧性的，叙事的文字似乎只需将单个的场景衔接起来并略加解释。亨利希突然置身于动荡不安的意大利，已被战火摧毁，他发现自己成了一支大军的统帅。战争的一切要素均以诗的色彩加以演绎；他率领一队轻骑袭击一座敌人的城市，这里出现了爱情，作为插曲，一个高贵的比萨人爱上了一个佛罗伦萨姑娘。战歌。“一场伟大的战争，就像一场决斗，多么高尚、智慧、人道。古老的骑士精神。骑士表演。酒神的忧郁气质。——人们必须相互残杀，这样比倒毙于命运更加高贵。人们寻求死亡。光荣和名誉是战争的快感和生命。战士活在死亡

---

① 以下是《死者之歌》全文，请参阅本书的诗歌部分。

之中，而且作为幽灵。死亡的快感是战士之魂。——战争以尘世为家。尘世必有战争。”——亨利希在比萨找到了皇帝弗里德里希二世的儿子，他成为亨利希的亲密朋友。诗人也来到洛雷托。接下来应该是几首诗。

诗人被一场风暴卷至希腊。古老的世界连同其英雄和艺术瑰宝充满了他的心灵。他与一个希腊人讨论道德。那个时代的一切浮现在他眼前，栩栩如生。他学习如何理解古老的图画和古老的历史。关于希腊的国家宪政和神话学的谈话。

学懂了英雄时代和古希腊罗马时代之后，亨利希来到东方，那是他从小魂牵梦绕的地方。他游览耶路撒冷；他尝试了解东方的诗歌。与非信徒的奇遇使他留在荒凉的地方，他找到了那个东方姑娘的家人（参见第一部）；几个当地的游牧民族的生活方式。波斯童话。出自最古老的世界的回忆。作品应该在纷繁复杂的事件中始终保持同样的色调，始终让人回想起蓝花；同时，希腊的、东方的、《圣经》和基督教的传说，虽然相隔遥远而且风格各异，却应该与对印度及北欧神话的回忆和暗示完全交织在一起。十字军东征。航海。亨利希前往罗马。罗马的历史时代。

亨利希饱经沧桑，返回德国。他找到他的外祖父，一位思想深刻的老人，克林索尔在他的圈子中。

傍晚与二人交谈。

亨利希来到弗里德里希的宫廷，结识了皇帝本人。宫廷应该十分隆重地庆祝主显节，全世界最优秀、最伟大、最神奇的人物汇聚一堂，登台表演，其核心则是皇帝本人。富丽堂皇的场面，真实伟大的世界在此展现出来。德意志的性格和德意志的历史也显露无遗。亨利希与皇帝谈论执政，谈论皇权，有关美洲和东印度的隐秘言谈。一位侯爵的想法。神秘的皇帝。那本书《伪君子部落》。

现在，亨利希以一种新的更宏大的方式，非第一部《期望》所能比拟，再度经历并体验了自然、生死、战争、东方、历史和诗，在此之后，他返归自己的心灵，就像回到一个古老的故乡。他领悟了世界和他自己，由此产生了对神化的欲望：最神奇的童话世界现已完全临近，因为心已为理解此世界全然敞开。

在马奈塞情歌手抄本中，我们发现了一场相当难解的赛歌，一方是亨利希·封·奥夫特丁根和克林索尔，另一方是其他诗人：作者想要描述的，其实不是这场竞赛，而是另一种奇特的、诗学的争执，即宗教与非宗教歌曲中善与恶的原则之间的斗争，不可见的世界与可见的世界被对立起来。“在酒神的迷狂中，激情的诗人赌谁敢去死。”科学被诗化了，数学也加入到争执之中。印第安人的植物受到歌颂：印第安人的神话重放异彩。

这是亨利希在世上最后的行动，向他自己的神化过渡。这是整部作品的终结，结束第一部的那个童话的**实现**。以最超自然的同时也是最自然的方式，一切得到了解释和完成，寓言与真实、过去与当下之间的隔墙倒塌了：信仰、想象与诗开启了最内在的世界。

亨利希来到索菲的国度，进入一个自然——像它可能存在的那样，进入一个寓意的自然，这是在他与克林索尔谈论一些奇特的征兆和预感之后。尤其当他偶然听见一首古老的歌谣时，它们又浮现在他的脑海，歌中描绘了一个深湖，在一个隐秘的地方。这首歌勾起了早已淡忘的回忆，他走向那个湖，找到一把小小的金钥匙，很久以前一只乌鸦抢走了这把钥匙，他再也没能找回来。玛蒂尔德死后不久，一位老人把钥匙交给他并暗示，他应该把它带到皇帝那里，皇帝会告诉他钥匙有何用处。亨利希来到皇帝身边，后者喜出望外，给了他一份古老的文书，上面写道：有朝一日谁若碰巧带给皇帝一把金钥匙，就请皇帝向他出示这份文书，此人将在一个隐秘的地方找到一枚古老的护身宝石，一枚镶嵌皇冠的红宝石，藏宝之处尚未标明。但是，羊皮文书中对那个地方也作了描述。——根据这个描述，亨利希启程前往一座大山，途中遇见了最初向他和他父母讲述蓝花那位异乡人，他与其讨论启示。他走进山中，齐亚娜忠实地跟随他。

他很快来到那个神奇的国度，那里的水和空气、花和鸟兽全都迥异于我们尘世的自然。同时在许多地方诗也化为了实景。“人类、动物、植物、岩石和星辰、水火风土、声音和色彩汇聚在一起，就像一个家族，行动和言语如一个族类。”——“花卉和鸟兽谈起人类。”——“童话世界变得清晰可见，现实世界本身倒被看成一个童话。”他找到了那朵蓝花，就是玛蒂尔德，她在眠息并拥有红宝石，一个小女孩——他和玛蒂尔德的孩子——坐在一具棺材旁边，使他恢复了青春。——“这孩子就是太古世界，终结之时的黄金时代。”——“基督教与异教在此和解了，俄尔甫斯和普叙刻的故事，还有其他故事随歌声传扬。”

亨利希采撷蓝花，将玛蒂尔德从魔咒中赎救出来，但是他再度失去了她，痛苦使他僵化，他变成一块石头。“埃达（蓝花、东方女郎、玛蒂尔德）舍身于石头旁，石头化作一棵鸣响的树。齐亚娜砍倒这棵树，以此自焚，树变成一只金色牡羊。埃达——玛蒂尔德必须以牡羊献祭，羊又变成了一个人。在这些变形期间，他有各种各样的奇谈妙语。”

他同玛蒂尔德在一起，十分幸福，她同时又是东方女郎和齐亚娜。人们欢庆最快乐的心灵节日。先前的一切是死亡。最后的梦与觉醒。“克林索尔又当上国王，从亚特兰蒂斯远道而来。亨利希的母亲是想象，父亲是感觉，施瓦宁即月亮，矿工是古董收集者，也是埃森。弗里德里希皇帝则是大角星。霍恩措伦伯爵和商人们也再次到来。”一切融合为一个譬喻。齐亚娜将宝石带给皇帝，但现在亨利希自己成了童话中的诗人，就是商人们以前给他讲述的那个童话。

这个极乐的国度只还有一种痛苦，缘于一道魔咒，那便是它不得不忍受季节的变化，亨利希摧毁了太阳王国。整个作品应该以一首伟大的诗作为最后结束，但是这首诗只记下了开篇。

季节的联姻

这位新国君陷入沉思。他现在回忆起
　那个夜晚的梦，还有那些传说，
当时他初次听说那朵神奇的蓝花，被预言
　深深震撼，他感觉到强烈的爱情。
他又想起，他听见穿透内心的声音，
　当那位客人刚刚离开社交聚会，
月光时暗时明，照亮了嘎吱作响的窗户，
　少年的胸中燃起销魂的烈焰。
“埃达，”国王开口说，“对一颗挚爱的心，什

么是

最深切的愿望？什么是最难言的痛苦？
告诉它，我们要帮助它，我们有权力，季节
该变得美好，如今你又能让上天欢喜。”——
“各个季节若非这般不和睦，未来
当与现在和过去结合为一体，
春天若是连接着秋天，夏季与冬季相邻，
少年与老年该当结成真挚的游伴：
到那时，亲爱的夫君，痛苦之泉必定枯竭，
这颗心的所有感觉的愿望皆已满足。”
女王感慨；俊美的爱人欣喜地拥抱她：
“你确实道出了十分美妙的真言，
感受更深的人们想说却说不出来，
你却一语言中，字字珠玑。
快传令备好乘舆，我们亲自去讨取，
先取回年的四季，然后是人类的季节。”——

他们远航去太阳，首先取得白昼，然后去黑夜，再去北方以找到冬天，随即去南方找到夏天，他们从东方带回春天，从西方带回秋天。然后他们赶往青春，再赶往老年，奔赴过去，一如奔赴未来。——

以上所述，便是从我的回忆中，从我朋友遗留下来的零散字句和提示中，我为读者诸君所能提供的梗概。若能完成这项伟大的使命，那将是一种新诗的一座永存的纪念碑。在这个报道中，我宁可叙述得简短乏味，而不愿陷入凭本人想象加以补充之危险。这些片断的诗句和言辞或可感动某些读者，像令我感动一般，在观赏拉斐尔或科雷焦的一幅残画之时，我心中有一种虔诚的感伤，但未必甚于此时。

蒂克

《奥夫特丁根》评论

伍尔灵斯

《亨利希·封·奥夫特丁根》堪称典型的浪漫派小说，以诗为主题，即广义和浪漫意义上的生命之诗。对于这种无限的诗，狭义的诗即诗歌乃是唯一适宜的表达形式。生命与艺术互相参照，彼此要求，这是浪漫派的一个基本思想，在其小说中通常表现为以艺术家充当主角。

这也是《奥夫特丁根》的设想，诺瓦利斯在一八〇〇年二月二十三日致蒂克的书信中写道："整个作品当是诗之神化（Verklärung）。亨利希·封·奥夫特丁根将在第一部中成熟为诗人，第二部中则将他作为诗人加以神化。"（Ⅳ，322）

诺瓦利斯写这段话时，小说已大约完成了一半，而在此前四个月，散文和诗体的《夜颂》均已杀青，同时作者还为职业上的事务日夜操劳。一七九九年，他曾几次因视察工作前往屈夫霍森山麓的阿恩特，同在此驻扎的骑兵上尉和历史学家冯克颇有交往，冯克极力鼓励他写完构思成熟的小说。但由于工作繁忙，尤其因为参加一次地理考察，第二部的创作被耽误了，一八〇〇年八至十月又是一个短暂的创作期，然后病情加重，他不得不最终放弃。

这部未完成的小说于一八〇二年六月作为遗著出版，书名是《亨利希·封·奥夫特丁根。诺瓦利斯遗著。共两部》。这是一个误导，因为该书只收有第一部。及至同年底，由施莱格尔和蒂克选编的《文集》第二卷才收录了《阿斯特拉利斯》这首诗，以及小说的第二部。关于拟定的情节发展，蒂克根据作者的笔记编写了一个梗概，附在小说后面，但其学术价值素有争议。

《奥夫特丁根》堪称典型的浪漫派小说，这并不意味着作品的艺术价值无可置疑。相反，对德国浪漫派的一切肯定及否定评价恐怕都应该在这部小说上得到验证，可是人们常常并不去阅读，而是将其简化为已是浪漫派识别标志的那个象征——蓝花。

最早接触这部小说、品出意味并给予赞赏的读者为数不多，弗里德里希·施莱格尔便是其中的一个。一八〇三年，他在自己的杂志《欧罗巴》上面发表了一篇名为《文学》的文章，其中便对“非秘传”与“秘传”文学加以区分。他称“非秘传”类为那种文学，“它描述人生境况中的美好理想，并且局限于这个领域”。施莱格尔认为，以此为基本特征的文学种类即是戏剧。与此相反，“秘传”类则被他归为“那种诗，它超出人之外，同时力图包容世界和自然，因此或多或少地转入科学领域，也向不同的接受者分别提出了更高或更复杂的要求”。在施莱格尔看来，这就是当时还刚刚起步的长篇小说的一种可能性。小说必定以此为目的，“将日常生活中与诗对立的质素诗化并克服其抵制”。[①] 诺瓦利斯也曾经谈论过这样一种“诗与非诗的斗争”（Ⅲ，639：510），施莱格尔的概括其实只是解释了“诗之神化”公式。施莱格尔提出的三个要素对于理解《奥夫特丁根》至关重要：诗之概念的广泛性，诗与科学的联系，对读者思想自主性的要求。因此，施莱格尔完全有理由将《奥夫特丁根》称作早期浪漫派小说以及“秘传诗”的杰出典范。

《奥夫特丁根》之诗学
与歌德的《威廉·迈斯特》

写一部“诗之神化”当是富有意义和确实必要的，这在当时却并非不言而喻，而是一种时代判断之结果，也可追溯到借艺术来影响当下的历史发展趋势之愿望。在这方面人们当时即可联想到同时代的文

① 《欧罗巴。一份杂志》，F. 施莱格尔主编，美因河畔的法兰克福，1803；再版，斯图加特，1963，页 55—56。——原注

学。对此，《奥夫特丁根》恰是一个范例。

这部小说应该出版于同一家出版社，配上同样的版式和装帧，如像歌德的《威廉·迈斯特的学徒时代》。诺瓦利斯这一愿望同时表达了他对歌德那部小说的深深敬佩与尖锐的批评，此外还表明了一个事实，《奥夫特丁根》的构思是多方面的，而不仅仅是对《威廉·迈斯特》的回应。

歌德的小说出版于一七九五年，围绕这部小说随即展开了一场持久的讨论，一直延续到诺瓦利斯临终以前。讨论的焦点首先是风格问题和小说的形式问题。《威廉·迈斯特》的诗学给他留下了极深的印象，歌德对于他则成为“大地上诗性精神之总督”（Ⅱ，466：118）。他敬佩那种构成风格之基础的客观态度，即仔细的观察和实际的手工制作，在作于一七九八年八月至九月之间关于歌德的伟大片断中（Ⅱ，640—642：445），他将此态度与诗人的自然科学工作结合起来。

按照诺瓦利斯的理解，歌德小说的主题除了“生活的思想”（上面已指出其含义），当为经济（Ökonomie）与诗的冲突，或如他所言，美与功利的冲突：

追求至高之物与进入商界。再也不能继续

这样——一个必须克制另一个——迈斯特必须离开商界，或不得不放弃追求——或可说得更清楚——对美的艺术的感觉与商人生涯在迈斯特心中争执不休。前者或后者——美与功利乃是几度以不同的形象为他出现于十字路口的女神——最终娜塔丽莅临——两条道路和两个形象化为一体。（Ⅱ，581：242）

对于歌德小说的内涵或两条主线之一，人们很难作出更剀切的归纳。一直到今天，这部小说始终被读成冲突的和谐解决。

这种内涵得到了诺瓦利斯的赞赏，但他首先感兴趣的是，可以此拓展着眼于“浪漫小说”的、自己在叙事技巧方面的可能性。关于《威廉·迈斯特》他曾经写道：“小说的哲学和道德是**浪漫的**。最普通的如同最重要的皆以浪漫的讽刺来审视和刻画。”（Ⅲ，326：445）这令人立即联想到施莱格尔也曾经满怀热情地断定《威廉·迈斯特》是一部“浪漫小说”——一个错误的评判，或对诺瓦利斯而言，是一个建设性的误解，可以由此解释：启蒙运动的小说诗学唾弃传奇、不可信或神奇怪异之类，歌德却以极高的艺术理解力为其恢复了名誉，因此有助于小说形式得到承认。诺瓦利斯完全明白，在歌德那里，这种浪漫成分只是一种讽刺的、自我否定的虚构："于是整个玄思皆有事实相伴随——事实证明玄思，驳斥玄思，或两种做法都只是为了装装样子。"（同上）

诺瓦利斯很快便已看出，《威廉·迈斯特》还不是早期浪漫派意义上的"浪漫"小说。一七九九年二月二十七日致卡罗利妮·施莱格尔的一封信中，似乎已经包含对歌德的小说的最初界定：

> 〔我〕很有兴趣，尽我一生写出一部小说来——它可以独自充当一整座图书馆——也许应包含一个**民族**的学徒时代。**学徒时代**这个词是错误的——它表达一种确定的**去向**。可是在我这里，它却唯一应该表示从有限到无限的**过渡时代**。我希望以此同时满足自己在历史和哲学上的渴求。（Ⅳ，281）

对《威廉·迈斯特》的激烈批评则始于一八〇〇年一月，并在一八〇〇年二月二十三日致蒂克的信中达到高潮。诺瓦利斯写道，他不明白自己何以盲目如此之久，《威廉·迈斯特》是"一个反诗的毒瘤"（Candide），他现在看得如此明白，"如此清晰，以这种伟大的艺术，诗将在迈斯特身上自我毁灭——伴随着诗搁浅于背景，经济则与其朋友们安然无恙地登上坚实的陆岸，耸一耸肩膀遥望大海”（Ⅳ，323）。与此前迥然不同，现在诺瓦利斯在小说结尾感觉到“经济的福音甚嚣尘上”（Ⅲ，647：536）。“最后一切成了闹剧。经济本性便是真实的——**唯余的本性**。”（Ⅲ，646：536）

由此可见，诺瓦利斯不再将《威廉·迈斯特》读作二律背反之综合，而是经济对诗的征服。就此而言，歌德的小说恰是浪漫小说的反面：“浪漫毁灭于其中——那神奇之物，自然之诗亦然。”（Ⅲ，638：505）

这段批评也许是针对小说中塔形社会的重大影响。在诺瓦利斯看来，该社会的指导思想——工作、经济才能和实用理性的行动——最终占据了统治一切的地位。斯佩拉塔、米尼翁和竖琴师——本是自然之诗或神奇之物的并不完美的化身——沦为这种理性的牺牲品。与此相反，小说旨在表明，威廉·迈斯特则在塔形社会的领域内、在局限于实用性之中找到了自己的幸福。

诺瓦利斯以此在《威廉·迈斯特》的接受史上开辟了第二条重要的阐释途径：赞成与反对，而且延续至今。这里的关键点是如何估价歌德小说的讽刺：（小说确实）认定塔形社会也有局限性，但程度多深？

《威廉·迈斯特》已成为一种挑战，现在需要跨越由歌德所绘制的两难选择和由他认可的界限，以不同的方式尽量调解诗与经济的冲突。诺瓦利斯为此采用了多种方式，并以歌德小说的形式以及整个教育的特殊方式为出发点："迈斯特之类的情形酷似于炼金术士——他们四处寻找——偶然间接地找到**更多**。"（Ⅲ，639：506）而此"更多"在诺瓦利斯的眼中自然还不是关键之物，在此歌德必须被超越，这种情况再也不能发生在教育小说的范围之内。

"更多"既已排除，个体及社会理想便扩展为早期浪漫派的无所不包的理想。人为地找到某种受限制之物而走上迷途，这种人的个体的教育故事现在变为广博的、不再限制于一个个体的、间接的建构，而此建构则隶属于一种更高的总体关联。浪漫小说不能"仅仅描述人类寻常的事体"，还应该表现"自然"和"神秘"，"自然之诗和神奇之物"（Ⅲ，638：505）。上演于当代的《威廉·迈斯特》力图表现现代的二律背反之综合，既然作品屈服于现代散文性的经济，本身已变得"几乎纯散文化和现代"（同上），诺瓦利斯便将情节移入中世纪，那是一个诗更盛行的时代。威廉·迈斯特为了拯救自己而酷爱艺术，但由于经济的缘故，他的追求不得不破灭，现在这个半吊子的故事被一种认识取而代之：失去了无限的理念的引导，经济将走向毁灭，于是翻新为一个真正的艺术家的故事，他将充当“诗之神化”的表现手段。但是，诺瓦利斯还会对主角的这种已完全改变的功能加以发展，即提升《威廉·迈斯特》中所谓主人公的“受苦”性：“小说主人公的**被动性**。他是诗人在小说中诗人的喉舌。”（Ⅲ，639—640：510）

《奥夫特丁根》的诗学反映了浪漫化的动力学，这就是说，乘方与对数彼此交替，同时整体在“进步的、扩展的进化”意义上得到发展——这里借用《欧罗巴》中的一个公式。

小说的作用在于表现一种无限的理念，在这种意义上涉及“从无限到有限的**过渡岁月**”（Ⅳ，281）。这种理念乃是小说的绝对目的，而此目的则是以插曲的方式（象征、梦幻、歌谣、童话等等），而且以象征的形式一再被预先提及，但此举仅仅旨在使无限趋近之过程保持动态并得到提升。

对于这样一种修辞学，即类比和朝向一个绝对目的之提升，最古老的范例当是《圣经》：

> 《圣经》以乐园即青春的象征开始，极为壮观，而以永恒的王国——以**圣城**结束。它的两个主要部分也是真正的**大历史**。（伟大的历史仿佛必须在每个大历史环节中以象征来恢复青春。）《新约全书》的开始即是第二个更高的原罪——

和……新**时代**的开始：每个人的历史应该是一部《圣经》——将是一部《圣经》。基督（Xstus）是新亚当。重生之概念。（Ⅲ，321：433）

由此可见，诺瓦利斯很熟悉类型学的《圣经》阐释，他将他的诗学——对基督教-中世纪的形象解释作出新的解释——设定为浪漫的形象学（Figuralismus）："写一部《圣经》是写作的最高使命。"（同上）[①] 在形象学方面，一个特别醒目的例子是将《奥夫特丁根》分为两部，《期望》和《实现》：不难看出，这里借鉴了《新约全书》和《旧约全书》的类型学实例。

形象解释也意味着尽量排斥经验-心理学上的动机分析。这里所涉及的不是实际关联，而是形象关联，不是一段历史，而是"超验世界的象征性的结构"（Ⅲ，536：48）。围绕《威廉·迈斯特》展开的讨论方才引向一种狭义的诗学。浪漫形象学的四项构建规则可概述如下：[②]

1. 变异系列：阅读《威廉·迈斯特》时，诺瓦利

① 关于诺瓦利斯的形象学以及他对中世纪的形象理解的重新解释，可参见 Striedter，第 5 卷，1953。——原注

② 以下所述可参阅 Engel，第 7 卷，1993，页 462—465。但侧重点有所不同。——原注

斯颇有心得，即小说的许多形象处于一种相互提升的关系中，譬如美丽的心灵与娜塔丽，而这些形象所组成的家族可以与小说主题上的主要对立面联系起来。诺瓦利斯对此加以发展，使之由形象刻画上升到诗学原则——“在**系列**中刻画一个对象——（变异系列——**衍变**等等）”（Ⅱ，647：472）。歌德笔下展现的人的多种可能性，在此凭借同一论哲学的预兆而被普遍化了：

> 所有的人皆是**一个**完整的个体即一种婚姻之变异。一首变异和弦是一个家族——每个紧密结合的社会皆可看成一个家族。如果一种如此简单的变异，譬如娜塔丽与美丽的心灵，便已激起一种如此深切的愉悦感，那么，某人若是在整体那遒劲的交响乐中聆听到整体，他的愉悦感一定无穷无尽？（Ⅱ，564：198）

在《奥夫特丁根》中，构成这样一种变异的大概是祖莉玛——玛蒂尔德——齐亚娜系列，许多形象的亲缘和熟人关系，以及小说形象与童话形象之间的众多吻合。这些形象还同时涉及更广泛的关联；例如齐亚娜以她的名字（蓝色矢车菊）令人联想到小说的首要象征，亨利希当在结尾凭借一种穿越一切宇宙等级的变形再次诞生："人类、动物、植物、岩石和星辰、火焰、声音、色彩将来必定在一起，如一个家族……行动并言语。"（Ⅰ，347）

2. 间接建构：通过仿效和发展歌德的讽刺，此建构将成为一种无限之物的预兆。"小说这种写作类型不必是一个**连续统一体**——而须是一种分成每个周期的建造。每个小板块必须是某个局部——某个圈定的单元——自成一体。"（Ⅲ，562：45）根据部分与整体的这种关系，人们与其将艺术品比喻为有机体，倒不如将其比作微积分中未知数值之间接建构。在思考这个问题时诺瓦利斯曾经写道："人们仿佛将整体移入一个部分之中，以便更好地认识这个部分的本性，进而间接地认清整体的本性……人类以及知觉、力量之类的不可估量的进步能力之适应证。"（Ⅲ，118）这将会导致《奥夫特丁根》那种纠缠交错的统一，导致情节线索的丛生蔓延——通过插入的梦幻、谈话、沉思、生活报道、童话、诗篇、歌谣等等；各个部分"自成一体"，但同时是"某个局部"，因此指向一个并非既定的整体。

3. 谈话与行为的交替：对威廉·迈斯特的刻画始于："谈话、描述和沉思在迈斯特身上交替进行。谈话是主要组成部分。"（Ⅲ，326：445）这种交替即主要使谈话增值，是诺瓦利斯的惯用手法。它的作用是赋予小说一种特有的节奏，而这种节奏适合于前进和后退的过程，有助于通过外部世界和内部世界，从客观关联和主观关联来交替呈现小说中的旅行。按照同一论哲学的前提，谈话从来没有真正的分歧，而是为亨利希开辟一些新世界，一旦它们之间出现矛盾，例如在遇见十字军骑士和祖莉玛之时，则应当由他来调解，以达成一种更高的统一。

4. 旋律的风格：诺瓦利斯似曾将《威廉·迈斯特》看成一部浪漫小说，在那段笔记中，他特别将这一点当作风格问题来探讨："音调不是自然的，而是带有（诗韵和）旋律——以此正好形成那种神奇浪漫的秩序——它并不考虑……品位与价值，头等与末等——伟大与渺小。形容词属于繁冗——因此加以适当的挑选和节省的分配，从中透出诗的节奏。选择形容词决定于诗人的创作理念。"（Ⅲ，326: 445）换言之，这里提出了一种风格，它与看重叙述的细节相反，处处让人感觉到总体的理念，因此也表示建构优先于摹仿，描述优先于描述的对象。在《奥夫特丁根》中，作者选择不确定的、古旧的、不大清晰的形容词，便可归因于这种理想的风格即"宁静和俭约的风格"（Ⅲ，640: 510），当然，不连贯的、突兀和跳跃的句法也以此为依据。（参考 Walzel，第 7 卷，1915—1919）

正如曼弗雷德·恩格尔所强调的那样，这些谋篇修辞的规则意味着与现实主义-心理描写的叙事传统决裂。诺瓦利斯转而遵循构成主义的叙事原则。这有助于表现两种对立的基本本能之哲学构想，只有诗人才能揭示二者的统一并以象征手法使之具体化。

作者对二者的这种转换关系即小说的主题进行了重点探讨，而且是在多种对话之中：关于经验之路与内心观照之路，关于英雄与诗人或情感与理智的关系（克林索尔）。人物形象也可以归入两个相应的系列，一个是外向型（例如亨利希的父亲、商人们、十字军骑士、矿工、施瓦宁），另一个是内向型（祖莉玛、霍恩措伦伯爵、克林索尔、西尔维斯特）。当然，作者在许多人物身上暗示了一种相对的综合：矿工和霍恩措伦伯爵从前主要过着一种勤劳或征战的生活，晚年则更多地沉浸于对世界的静观之中。克林索尔同样包容了两个方面，当然也只是相对而言。他并不相信诗人和英雄合为一体的可能性，这要在亨利希身上才应该出现。

同时，一切二律背反之综合始终存在着。因此向外之路同样是向内之路，线形的同时发生（Kontiguität）也是同时性（Simultaneität），幻想的目标能够以象征的形式预先推定。以蓝花为首的这些象征正是《奥夫特丁根》欲达之境界的浓缩，是作者所处时代的一种对立图像。此外，小说中探寻无限的理念与探寻时空的真实性交替进行，而对探寻的描述也与幻想的批评功能同时展开。对于阐释《奥夫特丁根》，这种浪漫化的幻想历史的描述方式不啻是一条适宜的红线。

历史之诗化

《奥夫特丁根》的书名在一八〇〇年前后具有信号价值：在有知识的人们看来，亨利希·封·奥夫特丁根不是虚构的人物，而是历史人物，即一位中世纪的重要诗人。他以这种身份出现在《瓦特堡歌唱比赛》之中，这是一套中古高地德语的诗歌丛书，于十三世纪中期问世，书中报道了那场传奇性的赛歌会，参加的诗人有 W.v. 埃申巴赫，W.v. 福格尔魏德，R.v. 哈格瑙和亨利希·封·奥夫特丁根。克林索尔的情况与后者相似，他就是埃申巴赫的《帕齐瓦尔》（1200—1210）中的魔术师，与歌唱比赛（约 1205）相关的各种图林根编年史都提到他的名字。

从这些古典文献中，例如 J. 洛特（死于 1434 年）的《图林根编年史》和《S. 伊丽莎白的生平》，C. 施普兰根贝格的《曼斯菲尔德编年史》（1572），诺瓦利斯获取了许多细节和“阿夫特丁根”这个名字。及至一八〇二年小说首次出版，此名才变成“奥夫特丁根”。编者蒂克和施莱格尔在此所采用的拼写方式，是出自博德默尔版《海德堡歌曲手抄本》（又名 *Manessische Handschrift*）这倒使人更多地注意到，浪漫派诗人并非“重新发现了”中世纪，而是他们对中世纪的接受，必须在这样的背景中去理解，即一种转向已经完成或已经开始。在《朝圣之旅或朝圣者的叙述》一书中（1793），B. 瑙贝尔特对瓦特堡赛歌的题材和《亨利希·封·奥夫特丁根的故事》首次进行了更有新意的文学加工，对此诺瓦利斯甚至也可能并不陌生。

在阐释中世纪时，早期浪漫派诗人也常常以熟悉的事件和他们所处时代的现实事件为出发点。譬如在赫尔德看来，中世纪宫廷抒情诗属于欧洲新文化的开始。这种观点为早期浪漫派诗人所接受，因此，从中世纪直至当代的基督教-浪漫派文学——此为“现代”——便应该从古希腊罗马文学脱离开来。中世纪被贬低为黑暗的过渡时代，这种评价形成于文艺复兴时期并在启蒙运动中成为定论，浪漫派运动则与之划清界限，由此形成了自己的鲜明特征。

因此，《亨利希·封·奥夫特丁根》不仅关系到对中世纪的创作给予肯定，而且旨在更全面地重新评价这个时代。诺瓦利斯从《欧罗巴》杂志获得了经验：对于这个问题，讨论的形式不怎么适当，因为它曾经引起对“历史观点”的一些非议。小说允许虚构叙述的对象，他便以小说的形式避免了这个难题。当然，他仍像《欧罗巴》的讨论一样追求历史的可信性（参阅 Kasperowski，第 5 卷，1994，133—227）。为此，他不仅研究古典文献，而且参考同时代人的历史编纂著述，特别是冯克的《皇帝弗里德里希二世传》（1792），和吉本的《罗马帝国衰亡史》（1776—1788）。

小说开辟了回顾中世纪的全新视野，这种新视野以熟悉的事件为起点，但也将其铺展开来，接受文献时自然又需要经过筛选。所以，这幅中世纪的图像若需得到适当的理解，它的意义就必须靠一部小说加以澄清，这部小说则以“诗之神化”回应《威廉·迈斯特的学徒时代》对经济的强调：诺瓦利斯将其小说的情节移至中世纪，旨在获得一幅肯定的、诗的图像，它与他自己所处的时代即带有散文的功利主义烙印的当下格格不入。

中世纪的这种对立图像作用（Gegenbildfunktion）得到历史可信性的支撑。因此，描绘中世纪是从当代的情况着手，例如，对“可爱的贫穷”的描述始于赫尔德的研究：与死板地看待中世纪现代生活相反的肯定的对立图像，描述“单纯”则始于当代文化批评对“单纯”的估价。这些和其他肯定的特性可以归功于中世纪的特点，即它是一个过渡时代，就连诺瓦利斯的这个基本思想在当时的历史学中也并非是不寻常的。与贬低中世纪的主流相反，诺瓦利斯追随崇尚中世纪的倾向，根据这种倾向，中世纪是尤其有利于精神的创造性的一个时代。这种估价在博德默尔那里早已有之，而同时代的历史编纂学和文化史的几位代表人物（伊泽林、米勒、格莱姆、赫尔德、吉本、冯克）也程度不一地持有同样的看法。这种看法与对皇帝弗里德里希二世，也与对贸易促进人类文化之功绩的评价联系在一起，该皇帝作为历史人物受到赞赏，可是人们尚未将他与民族历史上预言的皇帝联系起来。

在这个背景之中，诺瓦利斯心目中的中世纪并非黄金时代，或许是“过渡和多相混合”的时代（Ⅲ，587：221），变革的时代，可能过渡到一个更好世界的时代，在这种意义上即是“浪漫时代”（Ⅰ，204）。但是，这种倾向在十三世纪并未实现。

诺瓦利斯将中世纪阐释为一个过渡时代，是以一幅当时有效的历史图像为根据，而与理性主义的看法相比较，该图像堪称时髦。就此而言，人们完全可以将《奥夫特丁根》看成是历史小说的先驱之一，而历史小说就是“历史神话”（Ⅲ，668：607）。

对于中世纪的诸多新的阐释，哪怕是最时髦的，诺瓦利斯也做出了原创性的补充：在《奥夫特丁根》中，那种新倾向应该成为业已完成的过渡。在小说的虚构范围内，奥夫特丁根应该开创新的黄金时代。

选择中世纪作为小说的时代背景，可以由这种对立得到解释：诗与经济，或美与功利，此对立将转化为中世纪与近代 / 现代的对立。这种主要的对立和作者的愿望——努力完成二律背反的综合，而且方法不同于歌德——遂以多种方式改变了对中世纪的描述，譬如以肯定的眼光看待商人和中世纪的贸易（它促进人类文化），或矿工的虔敬。

但是，对十字军东征的多视角的描述更加重要也特别有趣。两种反命题似乎截然相反：西方与东方，基督教与异教，骑士与少女，战争与诗。双方的歌曲也反映出对立：一方面，以抑扬格诗行，是骑士的东征战歌，另一方面，以扬抑格音步，则是祖莉玛的哀怨悲歌。一眼便可清楚地看出，这里不仅关系到反命题，而且关系到不同的评价。就总体而言，作为对照形象和无辜的牺牲者塑造的祖莉玛获得了更大的分量。另一方面，双方都在创造艺术，都以艺术来唤醒对乐园的想象，在这个事实中已经呈现出和解的先兆。

问题主要在基督徒方面，而且诺瓦利斯借用吉本的观点，问题主要在于（基本上受到肯定评价的）十字军东征理念与东征实际的关系：二者差距极大。后者以屠杀和掠夺为标志，以残暴为标志（“我们很快会心满意足，/用敌人的血洗净圣墓”；Ⅰ，233），其结果是十字军东征理念已难以辨认。此外，骑士们被描述为一帮狂饮号叫的家伙，这对所谓的英雄气概自然是一种嘲讽。东征理念尤其表现在十字军战歌中，其中提到的超尘世的标志（一场世界末日的风暴，一声使人醒悟的悲号，天使的显现）至少令人想到某种本体的、宗教的涵义。理念与实际的矛盾在占有之想象中达到顶点：不仅占有财富和女人，而且占有圣墓。骑士的言谈和歌唱始终以这种占有为中心，可是祖莉玛却问道：“占有者的名字有多重要？”（Ⅰ，237）

十字军东征以一种错误认识为根据，这种认识又对唤醒理念、宗教激情和神圣感加以误导，将它们引向错误的目标即它们被物化。在起初受好战激情影响的亨利希心中，情况渐渐得到澄清，则是在他离开骑士们之后，以及他遇见祖莉玛之前：“战争的喧嚣消失了，只剩下一种清晰的、意象纷呈的渴念。”（Ⅰ，234）这种渴念将他引向诗，而诗正是十字军东征本来的更高的涵义。

在第五章中，亨利希遇上了一个东征参战者——霍恩措伦伯爵。“崇高的诗魂伴随着一支征战的大军”

（Ⅰ，257），当年也激励着他，但是，他也需要一种距离，对他而言即年龄的距离，才能理解“真实的关联”（同上）。他那两个诞生于“东方”的孩子的命运大概象征着欧洲对于诗的有限理解：“海上的航程和东方的寒风摧折了娇嫩的花朵。抵达欧洲几天之后，我埋葬了他们。”（Ⅰ，263）可是霍恩措伦伯爵主要从耶路撒冷带回了那个普罗旺斯语手抄本，亨利希则将从中了解自己的生命史。

由此可见，十字军东征的本来目的并未被骑士所认识，也未在历史上实现，它不是消灭异教徒和占有圣墓，而是在宗教上唤醒欧洲。这也是十字军战歌的主题。

因此，这里并不怎么看重耶路撒冷的局势，十字军战歌将其描述得十分严重，完全不同于祖莉玛的叙述：朝圣者可以自由前往圣墓，甚至东方国家也对圣墓表示尊敬。更重要的则是祖莉玛为此感到悲哀：如她所言，十字军东征使东方“永远”脱离了欧洲。这一点应当由小说加以辩驳。小说旨在“使基督教与异教和解”（Ⅰ，347），并兑现祖莉玛的诺言：但愿圣墓“能够成为一种幸福契合的摇篮，成为永久的亲善联盟的契机”（Ⅰ，237）。因此类似于莱辛的《智者拿旦》（1779），耶路撒冷也被挑选为宗教和解的地点。（参阅 Mahoney，第 7 卷，1987）

这部浪漫派小说不仅保留了莱辛的宽容思想，而且继承了实际人性的启蒙思想，真正的虔敬必须从后者之中体现出来。这些已经反映在亨利希对待绝望的祖莉玛的态度上，他给予她一种“内心的喜悦”，于是有理由觉得自己是“她的拯救者”，反过来她也使他获得一种“特殊的力量”。祖莉玛还向他回忆起那种曾经存在的生活，她告诉他，在那片“因先民的勤奋、劳作和眷念而变得无比美好的土地上”（Ⅰ，237），也有过东方黄金时代的生活。

但是，凭借早期浪漫派的“诗性的世界宗教”之先兆，莱辛关于“理性宗教”的报道同时也已被超越，这种世界宗教的基础则是“对生命的诗、对大自然的那种神秘奇妙的美有一种纯粹的渴慕”（Ⅰ，236）。如果“理性宗教”是以理性来衡量启示，那么，早期浪漫派对纯理性的批评则指向其局限，并对此给予象征的表现——通过“古老的石片上那些色彩斑斓、非常罕见的文字和图画”（同上），它们始终不可破译，却并非没有效应：“未知的奥义激发起非同寻常的沉思，即使人们离开那里时，并没有如愿以偿的收获，却在自身之中获得了许许多多惊人的发现，它们将赋予生命一种全新的光芒，促使心灵不懈地追求，而且最终得到报偿。”（Ⅰ，237）“透明的现实之中有一种朦胧的回忆”（同上），它使世界“失去了沉重和强暴，化为我们的感觉的神奇诗篇和寓言”（同上），这里可以清楚地看出，基督教的视界在何等惊人的程度上被东方的视界所修正和拓展。就此而言，“基督教与异教的和解”早在第四章便已进入话题，同时也由此表明，东方早已了解超验之诗，至少像欧洲基督教的中世纪一样，也是早期浪漫派的诗和虔敬之故乡。

当然这一点不仅表现在一个事实上：在亨利希的心目中，祖莉玛已成为诗的化身。早在亚特兰蒂斯那个童话中，诗与东方就已经结合在一起。此外，祖莉玛有次谈到一种“隐秘的”即诗性的“吸引力”，它一直引导着东方的人们，但是它也“驱使人们远离新的家园，怀着急迫的心情势不可挡地拥向祖先的故乡，一旦某个醒悟的时刻来临”（Ⅰ，237）。这令人回忆起那位矿工的观点，以及他的“手艺”，“古老而且广泛流传”，大概“源自东方，像我们的种族一样随太阳传到西方，并且是从中部传向两极”（Ⅰ，260）。这里又与《夜颂》之五中歌手的路径相吻合：他来自东方。

对十字军东征的这种观点将开创一个诗的时代视为东征的本来的倾向和潜能，它也被一次谈话所证实，那是在第八章开始，克林索尔与亨利希围绕“诗与非诗的斗争”进行交谈（Ⅲ，639：510）。这里所谈论的直接关系到十字军东征。对于“完全处于诗的这个敌人统治下的”那些时代和国度，战争可以被看成“一种诗的作用力”：“人们以为，必须为某种微不足道的占有而相互拼杀，但并未察觉到，其实是浪漫的精神令他们激奋，以便让他们自己消除无用的卑劣品行。他们诉诸武力，恰是为了诗的事业，两军追随着一面看不见的旗帜。”（Ⅰ，285）

因此，战争可以是新的思想和关系的催生素，如果这些思想和关系是“诗性的”，则可判定战争具有一种哲学理论价值。这种建构在“宗教战争”中变得最为清晰，克林索尔也将出于“民族仇恨”的战争算作宗教战争。它们同一切战争一样，是一个过渡时代的迷惘之表现，就此而言，它们一方面是“疯狂”，只要它们“恰恰走向衰亡”；另一方面，只要它们的英雄“是不知不觉浸透了诗性的世界强力”，它们便提供了这种可能性：强化对不可见之物的激情并以此强化“神圣感”。（引文均见：Ⅰ，285）

尤其从今天的观点出发，这是一种并非不成问题的看法。大概赫尔德就不赞同诺瓦利斯的见解，但是，认为战争是人类历史更高阶段的催生素，这种基本思想在康德、席勒和 A.W. 施莱格尔那里并不鲜见。还需要说明，亨利希将要卷入的那场战争也使他本人成了“俘虏”，陷入“最悲惨的困境”（Ⅰ，196），这就是说，痛苦并未根除。重要的是，那场战争将不再像十字军东征一样残忍，而是“像一场决斗——完全豁达——哲学的——人道的”，充满着“古老的骑士精神”（Ⅲ，676：628）。小说中的战争显然不会靠一场残杀来结束，而是以双方承认一个更高的法庭为基础，如像中世纪的神意裁判。从小说交代的时间可以确定，亨利希应该参加弗里德里希二世的那次十字军东征（1228—1229）。假如小说中的这次东征有一个符合历史的结束，即签订一份正式协议，规定耶路撒冷向各方开放，这种猜测是不合情理的吗？

正如克林索尔所言，诗与非诗，即诗与“模糊的欲望、迟钝的冷漠和惰性”（Ⅰ，284），二者争战的时代最终将是“诞生诗人的时代”（同上）。换言之，作为一个尤其有利于精神创造的过渡时代，中世纪的特性在十字军东征中达到顶点。这正是最重要的理由，足以说明这部关于诗的小说为何上演于十字军东征的时代：“在某些情况下，如像我们所处的情况，不可能产生预知的、神奇的、纯诗的人。”（Ⅱ，533：33）

诺瓦利斯借霍恩措伦伯爵之口，说出了关于撰写历史的见解：关键在于，既不一事不漏地全盘接受，也不以蓄意的梦想扰乱本来的秩序，而是领会一种更深的关联，这就是为什么最好让诗人撰写历史的原因；这番话十分优美地描述了如何诗意地撰写中世纪的历史，《奥夫特丁根》堪称是一个范例。诺瓦利斯的历史小说以此对当时的现实问题作出了反应。同时对他的时代而言，这部只以历史氛围为依据的小说也成了“历史神话”（Ⅲ，668：607），神话允许以预知的方式完成历史。

美好的经济

矿工这个形象可以追溯到洛特的伊丽莎白传说，诺瓦利斯接受该传说，是按照赫尔德对考察历史提出的一般要求：历史资源可以为了解历史形成时代的精神气质带来启发。诺瓦利斯笔下的矿工具有虔诚、笃信和安于贫穷等特点，也就是说，在作者的眼中这些正是亲历过的中世纪笃信宗教之品质。它们赋予矿工一种灵魂的喜乐，一种洞察生命本质的眼光。同时，这自然关系到浪漫派特有的一些主题，因此矿工也成为一个浪漫的理想人物。他与大自然亲密交往，虽然对理论相当好奇，但他对大自然的神秘存在与内在和谐始终保持着感觉。

这种看法在第一首矿工之歌中表露无遗：自然和工作使矿工能够理解到，他自身乃是一个宏伟的大自然、一种和谐的一部分，它们正被这个务实的世界所威胁和摧毁。对自然的加工显然不是奴役和盘剥，而是人与自然之间的友好合作。诺瓦利斯在此彻底改变了实用学科：矿工的职业自豪感、集体感和虔诚之心素有传统，矿工歌谣和感化读物也流传已久，生动形象。所以，第一首矿工之歌能够成为传统的组成部分：G. 舒尔茨为《谁必是大地之主》谱过三十二支曲子，均已收入《矿工歌曲集》。

关于一个如此成功的生命的经济方面，诺瓦利斯让矿工自己道出了几段精辟的评语。“金属的王族，”他说道，“一旦变成商品，对他就失去了吸引力。”（Ⅰ，244）他还将这一点与一种根本性的反省联系起来：“大自然不愿被谁独占。一旦作为私产，它就会变成一种危险的毒品，教人不得安宁，诱发占有者鲸吞一切的贪欲，随之带来无尽的烦恼和疯狂的激情。于是它暗中毁坏占有者的根基，很快将他埋进崩溃的深渊，以便摆脱一再被转手的命运，逐渐满足归属万民的夙愿。”（Ⅰ，245）

采矿与经济的这种联系同样有着悠久的传统。奥维德早就描述过对采矿业的矛盾心理：它的宝藏诱发贪婪、虚荣和强暴，它的金属引起战争，但是另一方面，它对文明的贡献则是不可取代的。（《变形记》Ⅰ，128—150）赞成与反对的冲突在诺瓦利斯的时代恰恰达到白热化的程度。

对采矿的其他浪漫描述同样选取了经济–社会的角度，这在研究中常常被称作“浪漫派的反资本主义”。这种看法并非不可信，但是不能与美化贫穷、为维护落后状况辩护混为一谈。

在描绘那位名叫维尔讷的劳齐茨人时——诺瓦利斯以此在小说中为自己的老师A.G.维尔讷建立了一座纪念碑——矿工就已强调：“矿山靠他兴旺起来，并为波希米亚公爵输送了无数珍宝。整个地区因此人口激增，变得富裕繁荣”（Ⅰ，243）。听完矿工的讲述，商人们开始考虑，“他们兴许可以通过老人，同波希米亚建立有利的联系，从而以优惠的价格采购金属”（Ⅰ，251）。

亨利希在第二章与商人们交往，于是进入一个从不认识的世界；他们虽然与中世纪社会有着完整的联系，但就根本而言，又代表一个新时代的开始。这种变化表现在由商人（暂时）接替宫廷神甫的角色转换之中，也表现在亨利希与这些商人一道从埃森纳赫到奥格斯堡的旅途上。商人们对自己的世界作了确切的表述：“货币、劳动和商品互相繁衍，快速流通，国家和城镇一片兴旺。”（Ⅰ，206）

这是符合实情的比喻，与矿工后来讲述的完全一致，大概也是诺瓦利斯心中的希望。他曾经写道：“关于**重商主义**精神。商业精神是**世界的**精神。它是绝对**伟大的**精神。它使一切运动起来并连接一切。它唤醒国家和城市——民族和制造业。它是文化的精神——使人类完善的精神。**历史的**商业精神——它驯服地取决于**既定需求**——取决于时间和地点状况（的确如此！）——只是纯粹的、创造性的商业精神的一个混血儿。”（Ⅲ，464：1059）

这无疑是启蒙运动的遗产。扩大货币和商品流通与一个条件即“人类之完善”联系起来。诺瓦利斯发现，经济与人类教育的这种联系在更早的时代更有保障：“只有在中世纪尤其是德意志汉萨同盟时代，高贵的商人精神、纯粹的贸易才兴盛繁荣。梅迪西斯和富格尔家族恰是他们该做的那种商人。我们的商人就总体而言，绝大多数均无例外，不过是些小商贩。”（Ⅱ，439：67）大概也可以由此看出，诺瓦利斯为何特地让亨利希前往奥格斯堡——富格尔家族后来的资产聚集地。

商人们讲述的阿里翁的传说同样表明，与矿工相似，塑造商人形象是着眼于美与功利或诗与经济之综合。一方面正是在商人那里，亨利希初次接触诗学；第二个故事即亚特兰蒂斯的童话，也是商人为他讲述的。另一方面，该传说同样以美与功利的关系为主题。歌手阿里翁“有许多美丽的奇珍异宝，全是别人报答他的礼物”（Ⅰ，211）。这些宝贝对他弥足珍贵，

“是爱戴和感激的标志”（Ⅰ，212）。与此相反，水手们的“贪婪”却将这种美好的经济降低为交换价值，后来在小说的最后一句话中，西尔维斯特也谈到美好的经济。被诗遗弃的经济于是具有自我毁灭的特征：强盗们还在海上，便因分赃不平而发生冲突，绝大多数死于火并，剩下的死里逃生，但只落得两手空空。

与此相反，诗人和歌手阿里翁重新得到了自己的珍宝。此前，当他的最后时刻似乎来临时，他弹拨“那件神奇的乐器”。水手们预感到他居心叵测，于是堵住自己的耳朵，但是此举不过加重了他们的可悲的片面性，而歌手则以另一条途径达到了自己的目的，美好的完整重新建立起来。

水手们葬身大海，宝物复归得救的歌手，在故事的结尾，诺瓦利斯让商人们道出他自己对《威廉·迈斯特》的批评，以此强调故事与讨论经济之间的关联。商人们真正澄清了《威廉·迈斯特》中本末倒置的关系，同时解释了诺瓦利斯致蒂克的那封书信，信中写道：《威廉·迈斯特》是“一个反诗的毒瘤”，他现在看得如此明白，“如此清晰，以这种伟大的艺术，诗将在迈斯特身上自我毁灭——伴随着诗搁浅于背景，经济则与其朋友们安然无恙地登上坚实的陆岸，耸一耸肩膀遥望大海”（Ⅳ，323）。

在这种包含一切手段—目的关系的更广泛的意义

上，小说的每一章都涉及经济：关于梦的意义和功用（1），阿里翁的传说（2），亚特兰蒂斯的童话（3），十字军骑士的占有思想（4），矿工的言谈（5），叙述者对人的思考，有些人天生善于行动，有些则善于沉思（6），克林索尔与亨利希关于艺术的对话（7，8），克林索尔的童话（9），该处主要在寓言与录事的关系中涉及经济。

从幻想史的角度看，小说中的经济题目可以同其他作品中的许多相关思考联系起来，分别关于金钱政治、工艺学、企业经济学、“国家福利”（Staatsbedienungen）“警察”–经济学等等。它们是一个着眼于和睦友好的公共福利纲领的一部分，这个纲领不再遵循既定的生产及需求结构，而是遵循一种促进文化的经济之“创造性的商业精神”，当然，只有以《一般规划》所勾勒的“生活之经济”为背景，人们才可能理解那种促进文化的经济的指导思想——“人类之完善”。“最广义的经济也包括生活秩序学，它是整个的**实用**科学。一切实用的皆是经济的。”（Ⅱ，606：382）

就此而言，政治经济也是早期浪漫派无所不包的理想世界的一个部分：经济遵循对美好生活的想象，并将自己经验上和政治上的设想统一到该想象之中，只有**这种**经济才是诗性的，才是一种美好的经济。

（参见Ⅲ，469：1097）

经济与理想的这种联系也有着悠久的传统，可以一直追溯到亚里士多德对古希腊城邦及其市民的一些思考；它在十八世纪末获得了一种特殊的现实意义。譬如同小说中某些对照段落一样，关于不愿被个别人占有的大自然，矿工在谈话中讨论了财产与自我-哲学在天赋人权上的联系，这在霍布斯尤其在费希特那里并不鲜见。诺瓦利斯则与此断离，继续发展虔信的传统（本格尔，厄廷格）和海姆斯特赫斯的思想。自由的基础不应该是自我和财产，而是爱，依据赫尔德和海姆斯特赫斯的观点更准确地表述：爱与自我的转化关系，二者的转化规则。（主要参考 Peter，第 5 卷，1980，98—103）这一点对费希特的自我-哲学作出进一步的批评，而且不容置疑，同时也完全契合另一种哲学-宗教传统：黄金时代没有私有财产。

除了克林索尔的童话，理想与爱在一种美好经济的先兆中的这种联系主要在亚特兰蒂斯童话中得到发展，而且十分生动。童话讲的是一位老国王，他为女儿寻找一个合适的丈夫，因为她是他唯一的孩子，他同时也是为自己寻找继承人。不幸的是，王室对其他阶层有一种过分的“距离感”（Ⅰ，215）。早死的王后属于“著名英雄鲁斯坦的后裔中最后一支旁系”（同上）。尤其国王本人深受身边诗人的影响，老想着

"他与别人在身世上的距离"(同上)。有一处也谈到公主:"好像她高贵的出身使她产生了一种说不清的恐惧。"(Ⅰ,220)正因为如此,她在王公贵族的圈子之外找到了自己的幸福,那是有一天她骑马穿过森林时,结识了一个年轻人,他根本不知道她是谁。正如童话的套式,她失去自己的心,赢得了他的心。这里特别用象征手法加以表现,即她失去了她项链上的红宝石,"那是她母亲送给她的,而且是她的护身符,可以确保她的个人自由,因为只要戴着宝石,她绝不会违心地接受别人的控制"(Ⅰ,219)。

这个护身符显然曾经成为一种被误解的个人自主之象征。当它丢失并被年轻人找到时,它才成为真实的、由爱奠定的、在相互交换中保存的自我之媒介。这种爱最终不仅包含人与人之间的关系,而且包含人与自然以及权力与诗之间的关系。它在孩子身上被象征性地预先推定——孩子是自然(年轻人)与诗(公主)结合的果实,因此是更高的诗之象征——然后也引向诗性国家之恢复。

正如奥布赖恩所言(第5卷,1995,290—296),这种国家理想可以同柏拉图的《国家》联系起来,读作对政治与诗歌的关系的反思。亚特兰蒂斯一开始便以此为特征:诗人有无限特权,国家被忽略,在柏拉图看来,这正是最糟糕的国体即民主与专制的显著标志。诺瓦利斯现在设置了新的（与好的）政权，进而探讨诗歌的作用。政权之所以成问题，乃是因为当血统被过分抬高并达到难以置信的纯净之后，也就难以为继了。现在令人吃惊的是，诗歌使得私通的女婿的继位显得完全自然。因此诺瓦利斯试图表明，政权不能要求“纯净的血统”，而是建立在虚构的神奇力量之上。国王与王位之间没有必然联系，而是在一种公众接受的虚构中将权力的标志移交给他。

换言之，诗人既可损害也能最佳地建立政治权力；但是，浪漫派的作品（如在亚特兰蒂斯童话中）主要指明了国家建立于其上的深渊：合法与非法难以区分。对于政治-哲学上的最终论证之尝试，二者是难以区分的。不仅在年轻人而且在国王身上，合法性的问题始终悬而未决：国王想延续鲁斯坦系谱，但他本人根本不属于它。

在这种背景下人们可以说，亚特兰蒂斯的童话其实反对一种从柏拉图的国家开始并一直延续到启蒙运动的天赋人权论的哲学传统，该传统试图将政治的合法性建立在永不改变的真理和知识之上。在诺瓦利斯那里，标志的更高意义始终隐而不现，但是那些标志保持着意义，因此也保持着通过礼仪和习俗（在加冕仪式中）奠立合法性的功能，尽管仪式和习俗的本真意义始终藏而不露。合法性的更深的根基——它是存在的——永远不可能直接显现，而是只能通过类比婉转地表达出来。浪漫派的作品正是这样表现的，合法的与不合法的互相交叉、诋毁和支承，这属于它们作为文学幻想的特点。

爱

《奥夫特丁根》是一部爱情小说。书中的爱情有多种方式，不仅亨利希与玛蒂尔德之间，而且许多人物之间的爱情，作者皆娓娓道来。爱情在比喻中体现出来，也作为厄洛斯（Eros）出现在克林索尔的童话中，像蓝花之梦一样，爱情最终表示一种广泛的、爱欲的世界关系。

若要正确评价小说中这种普遍的爱欲化（Erotisierung），避免轻率地对此加以局限，就必须首先注意到诺瓦利斯在此处于一种精神传统之中，这种传统始于古希腊哲学家将厄洛斯想象为宇宙形成之规范性的初始原理，后来在基督教中被改造为爱之宗教，以及在唯心主义哲学中发生了根本性的改变。

在古希腊时代，作为宇宙起源学说的厄洛斯，爱神体现生殖和创造性生命之宇宙原理，作为柏拉图的厄洛斯则体现追求哲理的渴望，从感觉世界到达理念的上升之力。爱点燃于瞥见美的事物之时，此美物令人回忆起灵魂在诞生之前所经验的原美（das Urschöne），此时爱作为探寻和创造冲动，作为精神的结合与生殖本能，在直观真、美、善之中以及在理念的王国之中方才得到满足。[①] 普洛廷曾经对两种爱作出区分：上升的（柏拉图式的）爱与互补的下降的爱（爱欲 / 圣爱——Agape）。

在此以及后来的构想中，爱即是追求结合，这种追求起源于一种与所渴求的结合对象的本初的统一。也就是说，在心理分析的局限中常常被视为“自恋”的那种情状，最初一度作为哲学尝试受到推崇，即尝试思考世界之统一与繁多。此外，康德派批评家的下述观点也需要加以驳斥：在爱之哲学中，应该（Sollen）与存在（Sein）不可混淆，前者建立在后者之中。基督教的主要观点是，它不再将爱理解为发展原理，而是理解为自我展示的和绝对的：“没有爱心的，就不认识神，因为神就是爱。”（《约翰一书》，4：8）早期浪漫派认同这种想法，他们为爱而欢呼，认为爱可以创立一种被思维和行动割裂为主体与客体的世界之上的新的统一。因此，爱既是对新的统一的欲求，也是这种统一的状态。爱的这种最终的哲学–形

① 在这种背景下，Heftrich（第 5 卷，1969，70—115）对小说加以阐释。——原注

而上学的维度不容忽视，虽然换个角度将《奥夫特丁根》读作爱情小说肯定也不无裨益。

浪漫派诗人描写爱情时，几乎总是涉及性的秘密。浪漫派的许多短篇小说和诗歌可以读作对青春期危机的最早的心理分析描述，青春期的年轻人必须经受这种危机，才能成长，按弗洛伊德的说法，这样才能适应工作和爱情的诸多要求。浪漫派作品中的主人公大多未能经受住危机，他们要么疯狂，譬如蒂克的《字符山》(*Runenberg*)一书中的克里斯蒂安，要么死去，像霍夫曼的《法伦》(*Falun*)之中的埃利斯·弗勒波姆。两人都同奥夫特丁根一样，是在山洞中获得自己成熟的最初经验，即在那种空间里面，它令人想起特里斯坦的爱情岩洞或坦霍伊泽的维纳斯山，而且其中关系到情欲的魔力。但是，诺瓦利斯的主人公并没有像克里斯蒂安或埃利斯那样的命运。因此在心理分析学的浪漫派研究中，诺瓦利斯有时扮演这样一种角色，即使在性心理领域，他也不让任何对立产生，所以没有任何发展的可能，而是沉溺于自恋和乱伦的想象之中；在世界文学中，长篇小说的主人公始终被自己的母亲陪伴着，奥夫特丁根是唯一的例子，而且自然有其缘由。

其实，只需简单地考察亨利希走向内心的进程，便可得出不同的看法：开篇之梦绝不是复归的

(regressiv), 而是出自至高的觉悟，出自一种缺失、一种断裂之经验。(参见：页 218—220) 蒂克和霍夫曼笔下的主人公在山洞遇见具有魔力的女人，可是亨利希却在第五章将他的母亲留在村庄，随同几个男人前往大地的深处，在那里碰上一个父亲式的人物。这里所谈论的绝不是女性，而是他进入未来职业的接纳仪式，该职业以脱离父辈为前提。这种脱离是可能的，因为父亲总是任他自由发展，后来那几位父亲式的人物则主要充当他的良师益友。

矿工的歌曲有时受到研究者的批评，其中写到进入矿井就是投入“新娘”的“怀腹”(Ⅰ, 247)，并谈到“母亲白色的血”(Ⅰ, 249)。人们不能将这些轻率地看成放荡的复归并怪罪作者，而是应该首先知道，诺瓦利斯在此采用了当时的矿工歌曲中司空见惯的隐喻，譬如“母亲白色的血”暗指一种含金的石英矿脉。

更重要的是，两首矿工歌曲中描述的情况在蒂克和霍夫曼那里根本没有提到：后者的主人公一看见令人倾倒的女性便痴痴发呆，诺瓦利斯却描写人们在自然的内部工作；在同一首歌中“怀腹”随即被称作“工场”(Ⅰ, 247)。不是复归，而是“勤奋”和“勇气”受到赞赏，这也是一种传统。这样一个矿工“以鬼神”——即通过认识——“将鬼神赶走”

（Ⅰ，250），于是他“自己主宰凶猛的潮流，/令潮水自行向外奔涌”（同上），这指的是他用水泵给矿井排水。这里谈不上什么超出文学语言的界限和偏爱其对极——模糊和拘限的隐喻。爱欲方面的修辞恰恰有助于协调工作与爱情所表现的认识，这种认识尤其在第二首歌那种炼金术的色调中烘托出来。

对此有所了解，人们便可看出，诺瓦利斯在《奥夫特丁根》中所讲述的不是病态-复归的故事，而是关于已经克服的成熟期危机的寓意深远的故事。在小说的主要情节上情况亦然，亨利希在结束“教育旅行”之后遇见玛蒂尔德，二者的结合以多种方式与他被发展并塑造为诗人联系在一起。从心理分析的角度来看，那些次要情节和插入的故事，尤其结尾时克林索尔的童话却更富有启发意义。但首先需要简单介绍一下作者的生平。

根据诺瓦利斯在弗赖贝格的生活处境，人们很容易理解他为何想写并能够写出这样的故事。以法伦的题材为背景，情况显得特别清楚。在对此所作的加工中，一个年轻的矿工已经同一个矿主的女儿订婚，但在关键时刻即婚礼之前，他却屈服于山腹中那位母亲-代表的诱惑。诺瓦利斯在弗赖贝格的情形起初与此相似。他与尤丽叶·封·沙彭蒂尔订了婚，她是一个弗赖贝格的矿主的女儿。这桩婚姻是他所盼望的，但是以职业上有所成就为条件，这便迫使他更严格地约束并要求自己，诺瓦利斯其他时期的书信和日记也常常谈到这些。同样的情况出现在《奥夫特丁根》之中，即矿工向亨利希讲述自己年轻时的故事。同诺瓦利斯的经历一样，重点在于工作与爱情的联系。订婚和结婚的前提是，他必须成为“一名真正的矿工”，一名“采矿工”（Ⅰ，244）。埃利斯·弗勒波姆在婚礼当天离开了真实的女人，逃向大山深底那位幻想的母亲，《奥夫特丁根》里面的婚礼则是实际举行。它被清楚地标示为工作与爱情的要求得到满足：还在当学徒的时候，矿工就找到一条丰富的矿脉，于是从公爵那里获得一条金项链，他将在婚礼上把它挂到新娘的脖子上，而且公爵向他承诺，将来让他继承岳父的职位。

诺瓦利斯强化了同自身经历相似之处，他让矿工在“三月十六日”第一次找到黄金，恰好是尤丽叶的生日。总而言之，以一种十分友好的方式解决了俄狄浦斯式的夺权问题。

在大山的内部，即通过与外部世界隔绝，为自己保留一个被埋在法伦的矿工的新鲜生命，或者像字符山中的克里斯蒂安，在基夫霍伊塞的子宫里永不变老，这一切并不是诺瓦利斯的愿望。他的向内之路复又通向外部。

在《奥夫特丁根》中，这一点是以爱情为预兆，通过错综复杂和令人难忘的叙述，在克林索尔的童话里表现出来。浪漫的爱含有两个意义层面，即人际关系之爱与形而上之爱，在童话中二者密不可分。

作为人际关系及成熟期的故事，克林索尔的童话讲述了男童厄洛斯，从心理分析的视角这特别有意思，因为诺瓦利斯让这位主人公暂时走上一条迷途。故事涉及乱伦的纠葛，其他浪漫的主人公都喜欢沉溺于其中。

在从父母到未来的恋人弗蕾亚的（生命）旅途上，厄洛斯一直由金尼斯坦陪伴，她本是他的乳母，但现在假装成他的母亲。儿子和替身母亲很快沉浸于一种“犯禁的迷醉”之中（Ⅰ，305），并尽情享受一种乱伦关系的“最销魂的性欲快感”（Ⅰ，300）。对于厄洛斯的后果不容忽视：从他的双肩长出一对翅膀，在艺术中是厄洛斯的传统服饰，此处却是一个年轻男人复归为长翅膀的男童之标志：“喷涌的活力刚才催他成熟，使他突然由男童变成了少年，此时它似乎完全注入闪光的翅膀，他又恢复为男童。”（Ⅰ，305）

这读起来倒像是预先道出了弗洛伊德的观点：设置乱伦禁忌对于性心理的健全发展是绝对必要的。弗里德里希·A. 基特勒却认为（第7卷，1981），人们也可以在克林索尔的童话中重新发现拉康的观点。因此，厄洛斯对母亲形象（Imago）的渴望大概不是关系到一种本初的愿望，而是关系到在一条佯谬的禁令中愿望转移的结果：在同一句话中乱伦禁忌既被设置又被破坏了，当索菲对厄洛斯谈到金尼斯坦："她将扮成你的母亲，以免你受到诱惑。"（Ⅰ，296）此外，乱伦的目的正如拉康之所见，似乎是幻想消除某个缺陷。在月光之戏中，这一点十分形象地为厄洛斯演示出来，厄洛斯在拥抱一位姑娘时自己描绘了那一幕结束的场景："一枝更小的花盘卷着他俩，使得两人从腰部以上似乎变成了一朵花。"（Ⅰ，300）基特勒将此理解为建立一个幻想的整体，如像拉康将建立整体描述为镜子阶段的结果：镜中反映的理想自我掩蔽了对一个过早诞生的、将自己经历为不自主和身体有缺陷的存在者的经验。这种对理想自我的自恋的爱又是对一个他者的渴望之反映。基特勒认为，紧接上面一幕，厄洛斯与金尼斯坦同居则暗示厄洛斯是母亲所渴望的男性生殖器。由此可见，除了佯谬的禁令和幻想的整体，幻想一个理想的爱人（弗蕾亚）构成了乱伦的第三个条件。

所以从这个角度看，克林索尔的童话也描写了一种古典的恋母情结，尽管它必然被消除，但主人公暂时还无能为力。厄洛斯四处游荡，"处处留下祸患"

（Ⅰ，306），那种荒谬的发展以此达到顶点，童话也变得荒诞无聊。后来佩尔休斯剪断厄洛斯的翅膀，从心理分析的观点来看，这个情节可以理解为象征性的阉割术，同时意味着转折的出现。无论佩尔休斯即“老英雄”，还是其他父亲形象此时都并未顶替男性生殖器的作用。这就是说，整体之幻觉被持续毁灭。因此，剪除翅膀导致了终场戏的情侣组合，首先是金尼斯坦与父亲，然后是弗蕾亚与厄洛斯，他事先特别地扔掉了自己的剑，最后则是索菲与大角星；由民众组成的情侣也加入其中。这意味着，渴望之规范化乃是“以父的名义”（拉康）使某种缺陷一体化之表达。

倘若诺瓦利斯简单地让一切保持原样，那他就不是浪漫派诗人了。盘旋于众人之上的那一对——长生鸟和寓言就已经给新秩序点上一星鬼火。但关键在于，作为共同起源之象征的母亲没有简单地被排除，而是当大家品尝了索菲调制的骨灰浆液之后，她仍然在场。与基特勒的看法不同，这并不是完全取消刚刚建立的象征性的秩序。因为该秩序的代表佩尔休斯、月亮和厄洛斯的父亲在童话结束时依然在场，而在拉康的心理分析中，他们占据着第三者的空缺位置。但是，母亲的“神秘在场”（Ⅰ，312）主要由此形成：她的不在场包含着她的在场。当人们与她分离之后，当她死去之后，母亲才作为内在的代表在场。这符合时间与永恒的关系，正如一开始便以蛇圈来象征这种关系："如像在蛇圈中分离的两极还作为头和尾清晰可见，分隔之时间也始终在永恒中在场，因为它只能在无限的自我放弃的过程中实现自己。新的爱的核心就是对失去母亲的意识，暂时的心醉神迷是永恒之必要的表现方式。"（Vietor，第7卷，1995，106）因此，在克林索尔童话的结尾也没有什么自恋的复归，而是描述了一种既被肯定又被破坏的秩序——渴望之秩序。

这类心理分析的视角固然富有启发意义，引人入胜；但是光靠这些，恰恰包含在童话中的理念之爱（Erotik）的意义还未引起足够的关注，因为该童话不仅探讨人与人之间的爱，而且超越这个领域探寻那种爱——更广泛的、形而上的强力。二者以多种方式彼此重叠，因为形象乃是比喻，因为童话上演于三个不同的世界：星宿世界、人类世界和冥界。因此，厄洛斯与弗蕾亚之间的爱情故事首先是一个涵盖整个宇宙的拯救童话。核心的象征要素恰恰涉及形而上的爱，它们是诺瓦利斯从波默的见神论中（Theosophie）移植过来的，一七九九年十二月他曾经研究波默，即写作童话之前。（参阅 Paschek，第5卷，1966）由此产生了两个主要题材：新郎为新娘加冕，涉及炼金术的"食糜的婚礼"，索菲这个形象也令人想起波默的"神圣的索菲娅”。二者皆是中介——导向一切事物之定性为“母亲的”原初根基，而且都显现为“天国的新娘”和“智慧”。此外，索菲的骨灰浆液也类似于见神论将洗礼阐释为精神的重生。

在《一般规划》中，诺瓦利斯强调了见神论同以爱为标志的、浪漫派的自然哲学的关联：

见神论。上帝就**是爱**。爱是最高的**实在**——原初的根基。

百科全书派。爱的理论是**最高的**学识（Wissenschaft）——自然学识——或学识自然。

Philielogia（亦即语文学。）

（Ⅲ，254：79）

由此出发，整部《奥夫特丁根》可以读作自然哲学的小说。（参阅 Mahoney，第 5 卷，1980，53—72）蓝花之梦一开始便已引向一种形而上学的自然建构，诺瓦利斯最终应该在变化之中体验与这种建构的统一。根据小说的基本设想，其间的道路一直贯穿着渐渐趋于平静的“诗与非诗的斗争”（Ⅲ，639：510）。克林索尔也发现这种斗争主宰着自然，而且人们绝不能“任何时候”都将自然看成一个“诗人”：“在自然之中，如像在人身内，诗乃是一种对立的事体，模糊的欲望、迟钝的冷漠和惰性同诗展开了一场无休止的争斗。”（Ⅰ，284）

早在第五章，霍恩措伦伯爵就在与矿工的交谈中将自然史描述为灾难史，当然也是进步的日益扩展的进化，这在当代导致“自然界渐渐趋于平静”（Ⅰ，261）；“大自然的繁衍力越是耗竭，它用于建构、改良和凝聚的力量就越是增长，它的性情会更敏感更温柔，它的想象更丰富、寓意更深，它的手也变得更轻柔，更显出艺术的美。自然慢慢趋近于人。”（Ⅰ，262）

在小说第二部，世界的转化开始了，实现已近在眼前，这种看法也在关键之处得到证实：绝望的朝圣者亨利希一边恸哭着拥抱一块岩石，一边祈求帮助。

克林索尔的童话通过电和同类的磁这两种激活力量的巨大作用，以强烈的魅力充实了这种自然哲学的意义层面。（参阅 Diez，第 7 卷，1933；Wetzels，第 7 卷，1973；Esselborn，第 7 卷，1987）在此构成背景的还有浪漫派对宇宙灵魂的想象，以及诺瓦利斯的有关思考，电“也许无非是自然的更高的意识——自然灵魂——总体之精神——自然物体的政治行动”（Ⅲ，603：306），电也许只是“**内在的光**。无机的王国中感觉的痕迹”（Ⅲ，604：307）。

这在童话的最后那个复活中达到顶点，此复活注定了新时代的开始。厄洛斯与弗蕾亚的遇合被设想为电磁效应之综合，这两种效应则通过古典的童话拯救手段即亲吻来完成。这样的题材融和便将不同的观念领域串通起来，形成各种思想的碰撞，必定有助于超出童话之外的幻想和假说。

在克林索尔的童话中，爱的核心作用当然不仅引向见神论和自然哲学，而且引向古典的与浪漫的世界观之间的关系。较之于同波默的关系，与歌德的《童话》——出自《德国游子聊天集》(1795)——的关系更为重要。克林索尔童话中的许多人物（最重要的例外是索菲）、道具、题材和主题可以在歌德那里找到出处，但是诺瓦利斯作出了独具匠心的改造。（参阅 Vietor，第 7 卷，1995）在题材上甚至达到尖锐的对立：例如在歌德的童话中，太阳具有一种肯定的、规范的作用，而在诺瓦利斯那里，太阳却必须被烧死母亲的柴垛上的火焰解除权力，以便童话可以有一个幸福的结局。内容上的改变主要涉及爱的作用。两个童话都讲述变形的奇迹，但在歌德那里，这关系到一切生命变化和发展的法则，以及变形、提升和组织的原理。这个过程终止于童话的结尾，并不包含对自然或整个宇宙的拯救。与此相反，克林索尔的童话则对一些思想结构作出全面的、诗性的分解和改造，结束之时，在空间和时间上彼此分隔的王国之间不再有固定的界限，它们开始互相融合。“在歌德那里，爱只‘塑造’，却不‘统治’，但在诺瓦利斯那里，爱被赋予了国王的权威。在克林索尔的童话中，爱无疑要求发挥更大的影响，爱的适用范围也更加广泛。”（参阅 Stadler，第7卷，1981，149）因此对诺瓦利斯而言，爱是无限转化之强力。

在歌德和诺瓦利斯的作品中，爱都具有一种政治幻想的维度。类似于诺瓦利斯的《信仰与爱》，歌德在《童话》中勾画了一种具有代表性的君主政体之理想。在歌德《童话》的结尾，旧的政权通过爱被重新合法化，可是民众始终被排除于道德发展之外。在克林索尔的童话中，王座被变成一张婚床，“人们看见光环围绕着每个人的头颅”（Ⅰ，314），以此象征统治制度已经解体，人人皆有执政的能力。一切政治的、外部的形式统统消解，世界变成“一个巨大的心灵”。“以诗和爱来拯救世界之幻想取代了〔歌德的〕社会幻想。”（参见 Vietor，第7卷，1995，118）

浪漫化与诗化

按照诺瓦利斯的构想，这部早期浪漫派小说应该以诗意创作（Dichtung）来推进并超过理论体系的种种设想。因此，《奥夫特丁根》最终和首先是一部关于诗意创作的小说。

小说始于一条向内之路，这条路引入梦幻的亨利希即自我之内心。在一个梦中，亨利希穿过一条通道进入一座大山的内部——

直到望见一个开阔处，很远就有一束亮光朝他射来。他走了进去，发现有一束很强的光，好像从一眼喷泉直射拱顶，在上面溅出无数火花，复又汇集于下面的瑶池；强光照射如闪烁的黄金；四周听不见任何声音，一种神圣的寂静笼罩着这美妙的场景……洞壁映着波光，这波光不热，反倒很清凉，墙上只散发出一片幽幽的蓝光。他把手伸进池中，用水濡湿嘴唇。恍若有一股灵气穿透他全身，他感觉神清气爽，心中注满了活力。他有一种无法抗拒的欲望，他想沐浴，于是脱掉衣裳走进池中。……一种天堂般的感觉在他心中漫溢；无数的念头试图在他体内与深切的情欲混合；从未见过的崭新的图像纷至沓来，它们也相互溶合并化为环绕他的可见的事体，这可爱的要素的每一朵波浪紧贴着他，像柔嫩的酥胸。浪潮恍若诱人的少女的化体，她们此刻浮现在少年身边。

陶醉于喜悦之中，但同时意识到每一个印象，他顺着闪亮的流水缓缓游去，从水池进入岩洞。他沉入一种甜美的睡眠，梦见了一些难以形容的事情，另一道光将他从梦中

唤醒。（Ⅰ，196—197）

这段文字描绘了一种精神的秘传。它可以读作对智性直观的比喻式描述，一如诺瓦利斯对此直观的构想。这里并非涉及对宇宙的自然力量之统一的神秘感觉，即谢林所批评的“斯宾诺莎主义的”自失于无限之中，而是涉及对一种超验的自我的智性直观。（参照 Neubauer，第 7 卷，1980，475—476）那道金光在其本源之力折射于穹顶之后，才会变为更新一切的生命源泉。它的本源始终是秘密。那种对我们而言可能的最高意识也表明，绝对之物即错失之物、欠缺之物，表明根基不可企及。出自本源的力量是可直观的，只有被反映和被增多的“精神之水”受到“触动”。[①] 智性直观一直引向情感和思想的反向运动（Ordo inversus）的那个交点或转折点，诺瓦利斯在此要么以佯谬的搭配（例如“念头的深切情欲”，“陶醉于并意识到”），要么在感觉形象与思想形象的不断变换之中直观地刻画了这种运动。他在弗赖贝格谈论的“生动的内省”（Ⅱ，525：13）在此得到诗意的表现。折射之后金光变为一种泛出淡淡蓝光的波动。这将在

① 关于这段引文的阐释，可参考 Strack，第 5 卷，1982，45—46。——原注

小说中引入下一个梦，世界在梦中呈现出色调不同的蓝色，亨利希看见了蓝花。

蓝花的颜色大概首先应该归功于歌德先前的光学研究，那是诺瓦利斯所熟悉的。歌德发现了明暗对比切线上的色彩。同时结果表明金色和蓝色是两种绝对色，对立的紧张在它们之中趋于消解。诺瓦利斯让这两种颜色充当小说的主导颜色。在歌德以及诺瓦利斯那里，蓝色皆从暗的方面呈示出对立的统一。（参照 von Molnár，第 7 卷，1973）因此蓝花便成为无限吸引之象征。沐浴使亨利希获得一种无限结合的感觉，这种结合则是以不断的形象变化来实施，将来也应在空间和时间之中进行；所以亨利希在此处从梦中被唤醒，自然是合乎逻辑的。

永恒的绝对物与生命或历史在创作媒介中的这种关系还会在小说里多次重复。它特别清楚地表现在第五章，亨利希第二次——这次是真正走入地下，在大山内部碰见那位隐士霍恩措伦伯爵。

亨利希在这次相遇时发现了一本书，是用陌生的普罗旺斯语写成的。他可以从插图中看出，书中包含他自己的生命史，既有过去，也有未来，跟小说所讲述的一样。他从隐士那里得知，“这是一部小说，涉及一个诗人的传奇命运，书中描述并鉴赏了诗艺及其诸多窍门”（Ⅰ，340）。

这就是说，亨利希即“诗人的喉舌”（Ⅰ，340）遇上了自己，着眼于可能的结束或实现，诗意创作反映自己，给自己乘方。但是，浪漫化也意味着查对数：这个普罗旺斯语的诗意的故事使得小说《奥夫特丁根》意蕴大减，正如美的幻想应使幻想引导的实践无甚意义。

所以，在这本被发现的书籍的形式中的超验之诗带有某种缺陷的标记；只有插图可以理解，本文却读不懂，特别是这部手稿没有结尾，这当然不无意义。亨利希以此又被引向地面继续旅行。

他的目光应该——像读者的目光——被引向那条永不终止的道路，倘无此路，关于综合的一切言论皆属虚妄。这符合小说的总体结构，小说始终交叉反映不同的空间、时间和形象，于是编织出一张越来越密实的一致和类似之网。诺瓦利斯曾在《花粉》断片中强调指出：

> 那条趋近之路是由日益增长的进步和回归合成的。二者皆延缓，二者皆加速，二者皆引向目的。因此在小说中，作者好像时而接近目的，时而又远离目的，当目的显得最远之时，目的却最近。（Ⅱ，456：98）

这本书的目的就在诺瓦利斯称之为“浪漫化”的这种运动之中，而不是简单地在一种已经完结的综合之诗意图解中。“更高的世界”始终是假设，“信仰之建构——通过假定的建构”（Ⅱ，387：44），诗意创作使这种假定性变得清晰。在这种意义上，诗对于诺瓦利斯就是“激发心灵的技艺”（Ⅲ，639：507）。此外，意识到某种缺陷，小说的梦幻、童话与歌谣所包含的和解图像也就平添了特别的意义，该缺陷可以追溯到历史，反之亦然。最终也许可以从这个角度去理解前面引用的那句名言：“小说产生于历史的缺陷。”（Ⅲ，668：607）这也是霍恩措伦伯爵关于撰写历史与诗意创作的关系的学说，亨利希以此又被引向悬而未决的未来。

未来在根本上悬而未决，历史必须被置入不受时间限制的两极即回忆与预感之间，以便认识并促进历史，在克林索尔的童话中，这些都以特殊的方式演示出来。童话处于第一部《期望》的结尾，以象征手法对小说加工提高，因此也预先框定了第二部《实现》。

克林索尔的童话以一个冻结的世界开始，并以其融化告终。起初分离的那些王国相向运动，人物可以彼此交换位置，成为“一个完整个体的变体”（Ⅱ，564：198）。他们被设为比喻，也就是抽象概念的拟人化，这常常使习惯于格林兄弟的儿童和家庭童话的读者迷惑不解。许多人物可以同《一般规划》中记述的各种心灵力量联系起来。譬如，厄洛斯体现爱，父亲——性欲或记忆，母亲——心，金尼斯坦——想象，寓言——诗，录事——理智，索菲——智慧或理性。但是，克林索尔的童话仍然难以破译。一方面原因在于，这些比喻不是指向熟悉的概念，而是指向一种需要诠释的浪漫派的人类学。另一方面，由于多种参照背景相互重叠，其中包括古希腊和北欧神话，其他的童话样板，见神论和自然哲学。童话与小说情节的诸多吻合也导致了更多的解释可能性。如像童话中的现实世界可影射奥夫特丁根的家庭，同时每个小说人物皆由童话中的两个相似者予以表现：亨利希由厄洛斯和寓言，父亲由父亲和录事，母亲由母亲和金尼斯坦。当然，与玛蒂尔德的家庭和小说情节的其他联系也可以建立起来。但是，传统意义上的比喻式破译的一切尝试只会导致荒诞不稽。一八〇〇年六月十八日写给施莱格尔的一封信中，诺瓦利斯自己作出说明，应该怎样去读童话："厌恶光和影，渴望清晰、热烈、渗透的天穹，那**未知而神圣的**，维斯塔，[①]在索菲们之中，将一切时代的浪漫事体糅合起来，石化和被石化的理智，大角星，偶然，生命之灵，只有个

① 古罗马的女灶神。

别线索，作为缠绕交错的线条（Arabesken）——现在你就这样解读我的童话吧。”（Ⅳ，333）

这里关键在于，无论怎样解释童话都应该考虑到，在早期浪漫派的创作中，各种意蕴处于流动之中并发生改变。本雅明强调，这正是早期浪漫派的特点，他认为原因在于浪漫派与时代的特殊关系。① 依据克洛伊策和格雷斯的浪漫神话，他将浪漫派的比喻定义为时间化的理念映像，而不是对一种设定为静止的整体的直观想象，在本雅明看来，象征可标明这种整体。

对比喻与象征的这种区别是否有根据，尚未确定；诺瓦利斯没有从概念上区分二者。但是，本雅明对浪漫派的比喻的描述总之切中了诺瓦利斯的图像性之核心：其中关系到无限的过程化和趋近，当然这只是对绝对物的一种符号式的具体想象，而不涉及绝对物的在场。结尾的图像也包含这种特性。这同样适合于克林索尔童话结束的场景，它似乎不再是比喻，而是象征，在象征之状况中呈示实现。

因为这幅场景本身被设想为一系列转变。饮过索菲调制的骨灰浆液之后，随即暗示了期望和实现的形象模式：“期望实现了，而且超出了预想。”（Ⅰ，

---

① 参阅 W. Benjamin，《德意志悲剧的起源》，美因河畔的法兰克福，1990。——原注

312）从现在起，主宰天地的是一个永恒的“强劲的春天”（同上），无限变化之季节。接下来厄洛斯与弗蕾亚相遇，他俩结成“永久的联盟”（Ⅰ，313），大角星同索菲结合，他们将王位传给这对年轻的夫妇，然后是父亲与金尼斯坦的婚礼，他俩被新国王夫妇任命为“大地上的总督”（Ⅰ，314）——这一切其实已是拯救主题的变奏，当然在这几对夫妇身上——如像通常在诺瓦利斯那里——对立只是暂时达到平衡，以催生某种新的事体。拯救过程与拯救状态的这种交替关系也表现为，空间界限同样处于消解之中：冥界上升到人类世界，恒星世界降至凡界，月亮这个居间王国也介入人世。这并不意味着一切化为一，而是象征着“一和一切”之结构乃是无数和无限的变化之结果。

索菲娅·菲托尔在一篇论证严密的评论中指出，这种诗学与歌德的《童话》的诗学大有区别。歌德将一个结晶的城市变成一幅幅活动的画面，诺瓦利斯则让一切变化过程静止下来，凝固成一种与罗马相似的城市建筑；诺瓦利斯也许有意识地设计了结尾图像的鲜明对比，这种对比恰恰让人注意到两种不同的诗学纲领：“在歌德的《童话》中，画面和人物的组织偏重于象征过程，该过程将可变的活动的自然转变为一个合乎规律的和谐的艺术品，克林索尔的童话则排演了一出比喻的戏剧，即对思想结构予以诗意的消解和改变。”（Vietor，第 7 卷，1995，125—126）[1] 两个本文也有共同点：提高了神奇之物的价值并将其归入诗的范畴，在这方面功不可没。但是，歌德与诺瓦利斯的“基本思想大相径庭。古典主义将创造性的想象限制于传达整体的象征之中，与此相反，浪漫派在对传达的无限追求之中消除象征的界限”[2]（同上，126）。

在克林索尔童话的结尾，这种传达的不可终止性又以另一种方式被象征出来：诗的自我反省尤其在寓言身上得到表现。正是她盘旋于众人之上，织出“一条永不断裂的金线”（Ⅰ，314），浪漫的诗之金线，诗可以使一切与一切结合。童话以寓言的话结束，这表示寓言有最后决定权，只有在她的帮助下，分裂的力量才能相互结合起来，拯救才能完成。

这种艺术的作用对于见神论和炼金术而言相当陌生，正如拯救事件的特性——起伏不定、流动、无限和无所不包之于古典主义的歌德。寓言给那三次唤醒补充了第四次——唤醒背天巨人阿特拉斯，这样一来，

---

① 关于同古典主义的关系，也可参考 Uerlings，第 5 卷，1990。——原注

② 维托尔不是说浪漫派的比喻，而是说“浪漫派消除象征的界限”，原因在于，她这里所依据的是歌德对象征的定义，此定义认可时间性，本雅明也在浪漫派的比喻中看出时间性。——原注

浪漫派历史诗学的基本形象才得以完成。“寓言使事件的三段式结构具有相对性，其方法是，她将此结构演示为假定的建构，而此建构在自我实现时又自行消解并扩展至无限之中。”（Vietor，第7卷，1995，91）

因此，在寓言这个形象上反映出一种意识：这一切都是一种愚人从事的建构，“一场令人迷惑的假面游戏，没有坚实的基础和根底”（同上，99）。现在是将这场游戏理解为将象征还原为比喻，还是理解为“将比喻还原为象征”，其实是次要的，因为这里所指的是同一个——浪漫的诗之无限性。

凡是针对克林索尔寓言所谈论的，同样适合于《奥夫特丁根》，以及有别于任何形式的理论思考的所有浪漫派的创作。在诺瓦利斯看来，只有在诗中，“最高的同情与合作——最诚挚、最荣耀的联合才是真实的。/通过哲学——是可能的”（Ⅱ，373：32）。换言之，哲学和科学不能超越无限的趋近，诗却能够将无限的思想一致浓缩成一种“共同存在”（Ⅱ，363：23），并能够让“最伟大的真理”（Ⅱ，368：27）从这些一致中显现出来，当然只是“象征性的”（Ⅱ，564：197）。正是诗“塑造美好的社会，或内在的完整”（Ⅱ，372：32）。